Quick Change / Sharpness / Armor Spear / Shake Off /
Knowledge of Spear Ⅵ / Knowledge of Magic Ⅲ /

Lily's STATUS
Lv80　HP 340/340　MP 170/170
[STR 100] [VIT 30] [AGI 50] [DEX 30] [INT 100]

把防禦力點滿就對了 怕痛的我，

夕蜜柑　[插畫] 狐印

Welcome to
"NewWorld Online".

Kadokawa Fantastic Novels

13

CONTENTS

All points are divided to VIT.
Because
a painful one isn't liked.

0850 1048 4070 7603

NewWorld Online STATUS

GUILD 大楓樹

NAME 梅普露 Maple

LV 70

HP 200/200 MP 22/22

PROFILE

最強最硬的塔盾玩家

雖然是遊戲新手，卻因為全點防禦力而成了幾乎能無傷抵擋所有攻擊的最硬塔盾玩家。個性純真，能從任何角落找出樂趣，經常因為思想太跳躍而嚇傻身邊的人。戰鬥時不僅能使各種攻擊形同無物，還會打出各式各樣強力無比的反擊。

STATUS

STR 000 VIT 19560 AGI 000

DEX 000 INT 000

EQUIPMENT

新月 skill 毒龍

闇夜倒影 skill 暴食 / 水底的引誘

黑薔薇甲 skill 流滲的混沌

感情的橋梁

強韌戒指

生命戒指

SKILL

「盾擊」「步法」「格擋」「冥想」「嘲諷」「鼓舞」「沉重身軀」

「低階HP強化」「低階MP強化」「深綠的護祐」

「塔盾熟練Ⅹ」「衝鋒掩護Ⅵ」「掩護」「抵禦穿透」「反擊」「快速換裝」

「絕對防禦」「殘虐無道」「以小搏大」「毒龍吞噬者」「炸彈吞噬者」「綿羊吞噬者」

「不屈衛士」「念力」「要塞」「獻身慈愛」「機械神」「蠱毒咒法」「凍結大地」

「百鬼夜行Ⅰ」「天王寶座」「冥界之緣」「結晶化」「大噴火」「不壞之盾」「反轉重生」「操地術Ⅱ」

「至魔之巔」「救濟的殘光」

TAME MONSTER

Name 糖漿 防禦力極高的龜型怪物

「巨大化」「精靈砲」「大自然」 etc.

ll points are divided to VIT. Because a painful one isn't liked

Welcome to "NewWorld Online"

6892 1179 0606 0847

NewWorld Online STATUS

GUILD **大楓樹**

NAME **莎莉** Sally

Lv **74**

HP 32/32 MP 130/130

PROFILE

絕對迴避的暗殺者

梅普露的死黨兼夥伴，做事實事求是。很照顧朋友，不忘和梅普露一起享受遊戲。採取輕裝配雙匕首的戰鬥風格，憑藉驚人專注力與個人技術閃躲各種攻擊。

STATUS

STR 150 VIT 000 AGI 185

DEX 045 INT 060

EQUIPMENT

深海匕首 水底匕首

水面圍巾 skill 幻影

大海風衣 skill 大海

大海衣褲 死人腳 skill 步入黃泉

感情的橋梁

SKILL

疾風斬 破防 鼓舞

倒地追擊 猛力攻擊 替位攻擊 精準攻擊

快速連刺Ⅴ 體術Ⅷ 火魔法Ⅲ 水魔法Ⅲ 風魔法Ⅲ 土魔法Ⅲ 闇魔法Ⅲ 光魔法Ⅲ

高階肌力強化 高階連擊強化

高階MP強化 高階MP減免 高階MP恢復速度強化 低階抗毒 低階採集速度強化

匕首熟練Ⅹ 魔法熟練Ⅲ 匕首精髓Ⅴ

異常狀態攻擊Ⅷ 斷絕氣息Ⅲ 偵測敵人Ⅱ 躡步Ⅰ 跳躍Ⅴ 快速換裝

烹飪Ⅰ 釣魚 游泳Ⅹ 潛水Ⅹ 剃毛

超加速 古代之海 追刃 博而不精 劍舞 金蟬脫殼 操絲手Ⅸ 冰柱 冰凍領域

冥界之緣 大噴火 操水術Ⅶ 替身術

TAME MONSTER

Name **朧** 能以豐富技能擾亂敵人的狐型怪物

瞬影 影分身 束縛結界 etc.

ll points are divided to VIT. Because a painful one isn't liked

Welcome to "NewWorld Online"

NewWorld Online STATUS

GUILD 大楓樹

NAME 克羅姆 Kuromu

LV 90

HP 940/940 MP 52/52

PROFILE

不屈不撓的殭屍坦

NewWorld Online的知名高等老玩家，是個很照顧人的大哥哥。和梅普露一樣是塔盾玩家，身上的特殊裝備使他無論遭遇何種攻擊都能以50%機率留下1HP，並具有多種補血技能，能極為頑強地維持戰線。

STATUS

STR 140 VIT 200 AGI 040

DEX 030 INT 020

EQUIPMENT

斷頭刀 skill 生命吞噬者

怨靈之牆 skill 吸魂

染血骷髏 skill 靈魂吞噬者

染血白甲 skill 非死即生

頑強戒指 鐵壁戒指

感情的橋梁

SKILL

「突刺」「屬性劍」「盾擊」「步法」「格擋」「大防禦」「嘲諷」

「鐵壁姿態」

「護壁」「鋼鐵身軀」「沉重身軀」「守護者」

「高階HP強化」「高階HP恢復速度強化」「高階MP強化」「深綠的護祐」

「塔盾熟練Ⅹ」「防禦熟練Ⅹ」「衝鋒掩護Ⅹ」「掩護」「抵禦穿透」「群體掩護」「反擊」

「防禦靈氣」「防禦陣形」「守護之力」「塔盾精髓Ⅹ」「防禦精髓Ⅸ」

「毒免疫」「麻痺免疫」「暈眩免疫」「睡眠免疫」「冰凍免疫」「高階燃燒抗性」

「挖掘Ⅳ」「採集Ⅶ」「剃毛」「游泳Ⅴ」「潛水Ⅴ」

「精靈聖光」「不屈衛士」「戰地自癒」「死靈淤泥」「結晶化」「活性化」

TAME MONSTER

Name 涅庫羅 穿在身上才能發揮價值的鎧甲型怪物

「幽鎧裝甲」「反射衝擊」 etc.

ll points are divided to VIT. Because a painful one isn't liked

Welcome to "NewWorld Online"

1121 6511 1627 4925

NewWorld Online STATUS

GUILD **大楓樹**

NAME **伊茲** Iz

LV **73**

HP 100/100 MP 100/100

PROFILE

超一流工匠

對製作道具有強烈執著，並引以為傲的生產特化型玩家。在遊戲世界能隨心所欲製造各種服裝、武器、鎧甲或道具，是這款遊戲對她而言最大的魅力。雖然平時會盡可能避免戰鬥，最近也經常以道具提供支援或直接攻擊。

STATUS

STR 045 VIT 020 AGI 095

DEX 210 INT 085

EQUIPMENT

- 鐵匠鎚・X
- 鍊金術士護目鏡 skill 搞怪鍊金術
- 鍊金術士風衣 skill 魔法工坊
- 鐵匠束褲・X
- 鍊金術士靴 skill 新境界
- 藥水包
- 腰包
- 感情的橋梁

SKILL

「打擊」

「製造熟練X」「工匠精髓X」

「高階強化成功率強化」「高階採集速度強化」「高階挖掘速度強化」

「高階增加產量」「高階生產速度強化」

「異常狀態攻擊Ⅲ」「躡步Ⅴ」「望遠」

「鍛造X」「裁縫X」「栽培X」「調配X」「加工X」「烹飪X」「挖掘X」「採集X」「游泳X」「潛水X」

「剃毛」

「鍛造神的護祐X」「洞察」「附加特性Ⅶ」「植物學」「礦物學」

TAME MONSTER

Name **菲** 幫助製作道具的小精靈

「道具強化」「再利用」 etc.

...points are divided to VIT. Because a painful one isn't liked.

Welcome to "NewWorld Online"

2128 0779 2864 5999

NewWorld Online STATUS

GUILD 大楓樹

NAME 霞 Kasumi

LV 86

HP 435/435 MP 70/70

PROFILE

孤絕的舞劍士

善用武士刀，是實力高強的單打型女性玩家。個性沉著，時常退一步觀察狀況，但梅普露＆莎莉這對破格拍檔還是會讓她錯愕得腦筋短路。擅長以變化自如的刀技應付各種戰局。

STATUS

STR 205 VIT 080 AGI 120

DEX 030 INT 030

EQUIPMENT

蝕身妖刀・紫 櫻色髮夾

櫻色和服 靛紫袴裙 武士脛甲

武士手甲 金腰帶扣

感情的橋梁 櫻花徽章

SKILL

「一閃」「破盔斬」「崩防」「掃退」「立判」「鼓舞」「攻擊姿態」

「刀術X」「一刀兩斷」「投擲」「威力靈氣」「破鎧斬」「高階HP強化」

「中階MP強化」「高階攻擊強化」「毒免疫」「麻痺免疫」「高階暈眩抗性」「高階睡眠抗性」

「中階冰凍抗性」「高階燃燒抗性」

「長劍熟練X」「武士刀熟練X」「長劍精髓Ⅷ」「武士刀精髓Ⅷ」

「挖掘Ⅳ」「採集Ⅵ」「潛水Ⅷ」「游泳Ⅷ」「跳躍Ⅶ」「剃毛」

「望遠」「不屈」「劍氣」「勇猛」「怪力」「超加速」「常在戰場」「戰場修羅」「心眼」

TAME MONSTER

Name 小白 擅長藉濃霧偷襲的白蛇

「超巨大化」「麻痺毒」 etc.

All points are divided to VIT. Because a painful one isn't liked.

Welcome to "NewWorld Online"

NewWorld Online STATUS

GUILD 大楓樹

NAME 奏 Kanade LV 62

HP 335/335 MP 250/250

PROFILE

難以捉摸的天才魔法師

具有中性外表和卓越記憶力的天才玩家。雖然擁有這樣的頭腦讓他平時避免與人接觸，但遇到純真的梅普露之後很快就和她打成一片。能夠事先將魔法製成魔導書存放起來，有需要再拿出來用。

STATUS

STR 015 VIT 010 AGI 095
DEX 050 INT 135

EQUIPMENT

諸神的睿智 skill 神界書庫
方塊報童帽・Ⅷ
智慧外套・Ⅵ 智慧束褲・Ⅷ
智慧之靴・Ⅵ
黑桃耳環
魔導士手套 感情的橋梁

SKILL

「魔法熟練Ⅷ」「快速施法」
「高階MP強化」「高階MP減免」「高階MP恢復速度強化」「高階魔法威力強化」「深綠的護祐」
「火魔法Ⅶ」「水魔法Ⅴ」「風魔法Ⅸ」「土魔法Ⅴ」「闇魔法Ⅲ」「光魔法Ⅷ」「游泳Ⅴ」「潛水Ⅴ」
「魔導書庫」「技能書庫」「死靈淤泥」
「魔法融合」

TAME MONSTER

Name 湊 能複製玩家能力的史萊姆

「擬態」「分裂」 etc.

All points are divided to VIT. Because a painful one isn't liked.
Welcome to "NewWorld Online"

NewWorld Online STATUS

GUILD 大楓樹

NAME 麻衣 Mai

LV 56

HP 35/35 MP 20/20

PROFILE

孿生侵略者

梅普露所發掘的全點攻擊力新手玩家，結衣的雙胞胎姊姊。總是努力想彌補缺點，好幫上大家的忙。擁有遊戲內最頂級的攻擊力，近距離的敵人會被她們的雙持巨鎚砸個粉碎。

STATUS

STR 515 VIT 000 AGI 000

DEX 000 INT 000

EQUIPMENT

- 破壞黑鎚・X
- 黑色娃娃洋裝・X
- 黑色娃娃褲襪・X
- 黑色娃娃鞋・X
- 小蝴蝶結
- 絲質手套
- 感情的橋梁

SKILL

「雙重搥打」「雙重衝擊」「雙重打擊」

「高階攻擊強化」「巨鎚熟練X」「巨鎚精髓I」

「投擲」「遠擊」

「侵略者」「破壞王」「以小搏大」「決戰態勢」「巨人雄威」

TAME MONSTER

Name 月見 有一身亮眼黑毛的熊型怪物

「力量平分」「星耀」 etc.

All points are divided to VIT. Because a painful one isn't like...

Welcome to "NewWorld Online"

NewWorld Online STATUS

GUILD 大楓樹

NAME 結衣 Yui

LV 56

HP 35/35 MP 20/20

PROFILE

變生破壞王

梅普露所發掘的全點攻擊力新手玩家，麻衣的雙胞胎妹妹。個性比麻衣更積極，更容易振作。擁有遊戲內最頂級的攻擊力，遠距離的敵人會被伊茲為她們製作的鐵球砸個粉碎。

STATUS

STR 515 VIT 000 AGI 000

DEX 000 INT 000

EQUIPMENT

- 破壞白鎚・X
- 白色娃娃洋裝・X
- 白色娃娃褲襪・X
- 白色娃娃鞋・X
- 小蝴蝶結
- 絲質手套
- 感情的橋梁

SKILL

「雙重搥打」「雙重衝擊」「雙重打擊」

「高階攻擊強化」「巨鎚熟練X」「巨鎚精髓Ⅰ」

「投擲」「遠擊」

「侵略者」「破壞王」「以小搏大」「決戰態勢」「巨人雄威」

TAME MONSTER

Name 雪見 有一身亮眼白毛的熊型怪物

「力量平分」「星耀」 etc.

All points are divided to VIT. Because a painful one isn't liked

Welcome to "NewWorld Online"

序章

梅普露等人來到第八階，發現這裡是大海淹沒萬物的地區。每個地城都位在遙遠的水底下，需要搭船移動，利用【游泳】和【潛水】技能探索，環境對梅普露十分不利。但由於同樣沒練過這些技能的玩家當然不少，遊戲也準備了解決辦法。於是梅普露買下限定第八階地區使用的潛水衣，獲得了一定的水下活動能力。

隨著強化潛水衣擴大行動範圍，地城入口也漸漸露出臉來，莎莉很快就攻入其中之一。魔王利用縱橫交錯的光彈與水流進行猛烈攻擊，莎莉一樣全部躲開，取得第二套獨特裝備。

新裝備帶來了幾項莎莉企盼已久的新技能，以製造幻象欺騙對手為主。使用上很重技術，用得好就能在關鍵時刻使對手露出破綻。之前莎莉就成功騙芙蕾德麗卡相信假技能的存在，有了這套裝備就能提高這一招的成功率。

而海底還藏有許許多多的其他寶物，奏得到法杖的強化道具，梅普露也將古代兵器納入武器庫中。

眾玩家熟悉新裝備的同時，彼此間新招式的搭配也愈來愈熟練。默契十足的【大楓樹】八名成員照樣順利擊破擋在第九階之前的魔王，踏入新地區。以兩個風格迥異的國家——流水與自然之國以及火焰與荒地之國——為舞台展開冒險。

從第四階上線到第九階這段時間，相信所有玩家都有巨大的成長。隨之公布的下次活動，即為大型ＰＶＰ戰鬥。薇爾貝直接宣告這次想要敵對，希望【thunder storm】與【大楓樹】能來場對決。除梅普露幾個外，擁有強力玩家的公會動向也備受矚目。

就這樣，在對ＰＶＰ虎視眈眈的眾公會圍繞下，【大楓樹】也為這階層作起最後的準備。

第一章　防禦特化與兩個國家

來到第九階地區後，八人立刻陷入苦惱。為的是眼前這兩個不同於以往的城鎮。

一邊地形充滿荒地、高聳巨石與峭壁。不時穿插噴火和落雷，氣氛頗為蠻荒。如此環境中有個以黑色為主，妝點火焰與電光的城市，簇擁著一座大城堡。

另一邊則是綠意盎然，水柱與空中浮冰引人注目，生機豐沛的國度。城鎮也形成強烈對比，以白色為主，水與冰作點綴，氣氛靜謐。

「要選哪邊？」

「功能上應該是不會差太多啦……可是氣氛很不一樣，喜歡哪邊就選哪邊吧。」

「現在資訊還太少，應該不會有一進城門就出不來這種事，所以兩邊都看看以後再說吧？」

官方也沒有關於抉擇的公告，不像是玩家需要現在就決定以哪個城鎮為據點的感覺。

「那……先看森林裡面這座城！」

梅普露指向充滿流水與濃密森林，有巨大冰橋與冰階的區域。

「好，那就往那邊走吧。」
「說不定兩邊都有材料要蒐集呢。」
「就是啊，不同地區給不同材料是很正常的事。」
既然分為兩個區域，範圍又很大，能探索的地方自然就多。
「那我就往這邊走嘍！」
「結衣，跑太快危險喔？」
「走吧，梅普露。」
「嗯！總之先從這裡下去！」
一行八人步下山丘，往森林前進。
林中到處是小溪和湧泉，池塘也多。嘩啦啦地走了一陣子後，他們發現浮在空中的水團，宛如莎莉的【水道】。過去階層裡也有這樣的怪物，但這次不太一樣。
「好像不是怪物耶，是地形的一部分吧。」
「那邊還有會飄的冰塊，連冰柱也有。」
在山丘上見到的，似乎並不是怪物出沒的跡象。
大概只是呼應對面區域的岩漿等地形。
「城鎮很近，找到公會基地以後以後再出來繞吧？既然要選邊，兩邊都會有公會基地才對。」

「對呀，先到城鎮去！」

路上沒有怪物，八人極其順暢地來到了丘上所見的城鎮前。

「先前遠遠看就覺得了，這跟之前的城鎮好像不太一樣耶。」

「牆好高喔……莎莉莎莉，這道牆會延續到另一邊嗎？」

「大概吧。就功能來說，這樣也比較自然。」

城鎮周圍有一整圈高牆，牆外還有護城河。下到這裡以後，能在護城河上的釣橋上看到一點點城內景觀。

最大的差別，是城鎮與野外的差異比過去都還大。

八人踏上釣橋，設於城門口的水晶發出淡淡的光芒。

目前似乎沒有任何效果，可以繼續前進。

過了釣橋，城門兩側全副武裝的衛兵ＮＰＣ說話了。

「旅人嗎。找到旅舍以後，就到中央的城堡去。」

「知道了！」

梅普露精神飽滿地答覆，頭一個衝進城裡。

第九階城鎮與過去風格搭配各階特殊主題的城鎮不同，單純是美麗的西式城下鎮，以受到不明力量維持形體的水與冰為裝飾，圍繞著中央略高處的潔白城堡。

由於第八階地區完全在水底下，城鎮構造也十分特殊，有種好久沒見到普通城鎮的感覺。

「啊，有用任務方式顯示出來耶。跟之前有點不太一樣。」

如克羅姆所說，所有人的當前任務中都多出了【前往王城】的條目。

「這階可能就是要一直做這個的延伸任務，不曉得後面會怎樣。這任務是系統強迫給的，丟著不做恐怕會出事喔。」

「就是啊～就是要我們做這個的感覺。」

「那找到基地以後一起進城堡吧！」

「好！」

「走吧，梅普露！」

任務當前使梅普露大步邁進，結衣和麻衣也快步跟上，其餘五人望著她們尾隨在後。憑她們的腳程，跑再快也不會跟丟。

「這個像是主線任務的東西是人人都一樣嗎？不曉得支線任務會發展成怎樣……」

「我有空就去另一邊看看。兩邊都摸熟以後，作戰計畫也比較好訂。」

「那我也一樣好了。梅普露她們留在這裡探索的話，自然會拿到這邊的材料，希望兩邊都能早點囤起來。」

「那就麻煩伊茲姊和奏蒐集情報了。要記得野外可能直接就是PVP場地喔。」

「我和霞也是能找就盡量找，我們都是掛保證的硬。要是不巧遇到真的需要幫忙的，交給她們三個就沒問題了。」

「說沒問題好像有點怪怪的……就先當作這樣吧。」

「像之前那樣開開心心去打，一定會有好結果的啦。」

「是啊。」

看著前行的三人，五人談起ＰＶＰ需要的準備。梅普露她們再強也不能忘了自己的本分。想要好的結果，就得做好充足準備。

原本就樂於用心準備的莎莉，這次也為了作戰早早動身。

一行人進入旅舍，也就是第九階的公會基地後，要直接前往任務所示的王城。

出了公會基地的八人，立刻以遠處美麗的白色大城堡為目標。

「莎莉莎莉，是那裡沒錯吧？」

「不是那裡就奇怪了。」

城中有條像是直接通往城堡的寬敞道路，不僅是玩家，還有許多ＮＰＣ在路上走。

看來現在位置即是熱鬧的中央大道。

「城鎮本身還滿大的。第四階的時候，感覺也挺大的啦。」

第四階城鎮是永夜加上日式景觀。隨條件達成，玩家在城中的活動範圍也會擴張。

當所有區域解鎖之後，第四階城鎮的規模比前三階都還要大，而第九階城鎮已經能與其媲美。

「這裡好像比那裡還大，光是繞一圈就很花時間的樣子。」

八人一面登上通往城堡的階梯，一面眺望布於眼下的城下鎮。樓房一直延續到高高的城牆下，幾條大道穿插其中。下去走一遭，想必能邂逅各式各樣的店家。

「另一邊還有一座城，能逛的大概有兩倍大吧。」

莎莉說得沒錯，另一邊區域也有看似城鎮的部分。若是刻意形成對比，大小和構造應該頗為類似。

「喔……要大家一起幫忙逛才行耶！」

不只是野外廣大，身兼玩家據點的城鎮似乎也大得無與倫比。

探索野外固然重要，然而過去的階層也讓他們學到，城裡藏有許多提示和任務的觸發點。

「這次我就負責城鎮吧。」

「你都是負責城鎮吧。」

「哈哈哈，對喔。」

「大成這樣，就算不戰鬥也不會無聊的樣子。」

聊著聊著，八人總算爬完了階梯，來到之前遠眺的城堡門口。門後通道的兩側，是整理得漂漂亮亮的庭院。

門前和進城時一樣，兩側有衛兵ＮＰＣ看守，待梅普露幾個接近便開口說話。

「旅人嗎。你們還真會挑時候。」

「有什麼事嗎，莎莉？」

「不知道耶？時候是指某種事件嗎？」

「我來帶路，不要亂跑。」

衛兵說完就往城內走去。現在也沒有其他事需要做，一行人就跟著衛兵走。

城內也設置得毫不馬虎，門廳就連接了好幾條通道，牆壁、地面到天花板都有大量華美裝飾。

「其他走廊也能走嗎？」

「可能是看任務進度吧？都做出來了，應該不會不能走才對。」

他們穿過走廊登上階梯，梅普露一路好奇地東張西望，最後帶路的衛兵在一扇大門前停下。

「就是這裡，進去吧。」

衛兵簡短說完之後伸手推開門扉，梅普露幾個終於見到房內景觀。

房間如魔王房一般深長，兩邊各站了一整排看起來很強悍的衛兵。在最深處的寶座上，坐了一個頭戴王冠，白髮白鬍鬚的老邁男子。

「那是國王嗎？」

「看起來就是了吧？這麼簡單就來到國王面前，有點怕怕的耶……」

梅普露和莎莉說悄悄話時，國王主動開口了：

「各位旅人，你們來得正是時候。」

「莎莉，好像真的有什麼耶。」

「嗯，先聽他說吧。」

「最近，我國與鄰國合辦了一項將影響未來一年的大慶典，這祭典也開放給所有旅人參加。」

「這樣啊～」

「那就是活動嗎？啊，任務推進了。」

如莎莉所說，進入這國家時自動接受的任務前進到下一階段，變成【決定陣營】。

這任務有時間限制，梅普露也當場理解到這次活動將在倒數結束時開始。

「你們在入境時接受了光輝的照射，現在屬於我方陣營……當然，要換邊也無所謂，規矩就是這樣定的。」

相對地，進入另一國時受到那邊光輝的照射，陣營也會隨之更新。若時間結束前仍未加入任何一方，會被自動劃分為其中一方。是否參與ＰＶＰ戰鬥純粹是個人自由，並不強制。

「這場慶典的目的是宣揚國威，每年都會在魔法複製的現實空間裡打一場攻城戰，雙方都不會有生命危險。若願意為我國效力，本王衷心期待各位的傑出表現。」

也就是說，下次活動會複製野外地區當活動場地，各以攻陷另一國的城堡為目標。要利用地形戰鬥、潛入暗殺、用人海戰術正面突破都可以，戰略幅度廣泛。

最重要的是規模與過去的公會對抗賽不同，膨脹了好幾倍，指揮其他公會的成員也是很有難度的事。所謂的合作，不是紙上談兵那麼簡單。

詳細規則還不明朗，但至少形式和最終目標都很清楚了。

未屬於任一陣營的玩家，也包含還沒來到第九階的玩家。先抵達的玩家，可以取得地形、設備等資訊上的優勢。

「有事就儘管來，我們來者不拒。」

王說到這裡，帶領八人進來的衛兵便示意帶他們出去。

出了房間，衛兵頭也不回地說道：

「我是建議各位加入我國陣營。對面的國王是很強沒錯，但我們的國王更強。在實際見識之前，恐怕很難體會就是了。」

誇讚自己國家領導人是理所當然的事，但扣除這點，這番話還是帶出了一些事實。

照他這樣說，攻城時是免不了與國王一戰了。

「國王很強啊……」

「老爺爺在遊戲裡都很強的呢。現在還沒有透露國王的戰鬥方式，要實際開打以後才會知道了。」

「這樣啊。」

梅普露聽了莎莉的解說後點點頭。一行人聊著自己的感想，又回到了城堡門口。

「我國上下都在為這場戰鬥作準備。出城堡以後往下看，正前方應該有個醒目的大型建築，想幫我們的話就到那裡去，應該有很多任務布告才對。」

「好～！」

「所以再來就是要去那裡吧。」

「是啊，任務也推進了。」

「既然他說有很多布告，任務多半是從那裡開始分歧吧。」

「NPC也會加入戰鬥的樣子。要是我們以後投靠另一邊，現在做這裡的任務，就等於是強化敵方陣營了？」

「很有可能，不過也要先看過那些布告才會知道。」

「不會每個都很難做就好了……」

「我和妹妹很少接到都沒人做過的任務……不曉得我們自己有沒有辦法解。」

「別怕，應該沒問題啦。好歹是第九階的主線任務，應該不會有完全解不了的事。」

「好！」

「我、我會加油的……！」

結衣和麻衣的強弱項落差極為明顯，的確很有可能無法達成任務目標。若只是需要擊殺怪物，來什麼都不怕，但若需要其他能力值就一點辦法也沒有了。

「那就先過去看嘍！」

「好哇。除了主線任務，一定還有一大堆事件可以做。」

城下鎮很大，野外更大。以過去階層來看，一定會有很多隱藏事件。

「就是啊！不是只有任務嘛！」

「呵呵，希望能多發現一點好玩的。」

「嗯！大型建築……是那個嗎？」

梅普露指著遠遠就能分辨，比周圍更大更高的氣派建築說。那和城鎮一樣，以白色石材建成，大門正對大道，長寬都比周圍建築大上數倍，且看得出來劃分為數個區域。中央處稍微突出的塔形部分吊掛著一口大鐘，並就在梅普露幾個的注視下報時般敲響，在城中聲聲迴盪。

「好像是耶。感覺像是地標，任務也給出目的地了，應該是那裡沒錯。」

「好～快走吧，莎莉！」

「好好好，不要跌倒喔。」

就這樣，梅普露一行往那快步走下長長的階梯。

八人走回來路，來到先前遠眺的建築前。那比大型公會的基地還要大，足夠容納大量來此接任務的玩家。

「打擾了～！」

梅普露推開門，探頭進去查看。裡頭和外觀一樣空間寬廣，有許多貼了任務單的布告板和服務台，有ＮＰＣ站在台後。

一旁還設有桌椅，供玩家在接任務前坐下來慢慢討論。深處牆上的看板，標示這裡有餐廳和藥水店。

往上還有二、三樓，堪稱是所有玩家共用的巨型公會基地。

「喔喔～！好大喔～！」

「更裡面還有一整套常用店鋪的樣子，可以把這裡當作活動據點呢。」

「要記得看這裡有賣什麼喔。」

「是啊，每階都會多一些新道具。」

「再來就是任務長怎樣了……」

由於玩家眾多，為避免過度擁擠，服務台和布告板前都能接任務。梅普露幾個決定先去查看現在能接的任務。

「喔，冒險者公會的感覺耶。」

克羅姆的感想，使梅普露以及結衣和麻衣歪起了頭。

「很單純啦，其他遊戲也有類似形式的東西。」

梅普露跟著已經曉得該做些什麼的克羅姆和似乎也是如此的莎莉，上前查看。

到了布告板前，眼前便跳出藍色面板，裡頭列出一大排任務標題，點選標題會顯示詳細內容。

「喔喔～好多喔！」

「這樣每個人都能找到適合自己的吧。戰鬥、採集……還有運送物資的。」

「先前那個叫我們進城堡的主線任務，只寫說要在這裡接任務，也就是接哪個都沒問題吧？」

「是啊，所以才會準備這麼多給我們選。」

「我們人數少，如果想多了解每個任務的內容和後續發展狀況，每個人都接不一樣的或許也不錯。別忘了還有一個國家呢。」

「那就趕快接一個來看看吧。」

「我們能做的……」

「有嗎？姊姊，有能做的嗎？」

八人就此各自查看任務內容，接下有自信完成的任務。

「好！就一直做到出現變化看看吧！」

「如果接到可以輕鬆完成的，要記得報給大家知道喔。」

「大家一起加油～！」

就這樣，八人各自往任務要求的地點前進。

◆□◆□◆□◆□◆

接了相同任務的梅普露和莎莉，來到與城鎮有段距離的高山。坡度很高，周圍的樹只剩下樹樁，水和冰違逆重力飄在空中。幾個平台穿插其中，還有大洞深入山中。

看來這裡是個礦場，有ＮＰＣ走來走去，挖出燦爛的結晶。

「看來ＮＰＣ很多也是第九階的一個特色。」

「以前野外都只看得到玩家呢！」

城牆外也有建築物圍繞王國散布，這礦場即是其中之一。在忙進忙出的ＮＰＣ當中，有個到處下指示的工作服肌肉大漢頭上顯示著任務標示。

「和那個人說話就行了嗎？」

「過去看看吧。」

兩人姑且上前，大漢也注意到她們，轉過來說話。

「喔！妳們是接到任務過來的嗎！太好了，跟我來。」

大漢就此走過山坡，一會兒後向上望，指著幾個洞口說：

「最近有魔物把坑道當成窩了，數量還很多，根本沒法工作。妳們對自己的技術都有信心吧？幫我把它們處理掉。」

「好！」

「那些怪物會用寒氣，小心不要變成冰雕啦。」

「知道了！」

梅普露大聲回答後，大漢便往原來的位置走。怪物霸占坑道不是占假的，這附近看不到ＮＰＣ，只能聽到先前那裡遠遠傳來的作業聲。

「躲在礦坑裡面耶，怎麼辦？」

「坐糖漿靠過去，一個個進去找怎麼樣？」

「嗯，就這樣吧。已經習慣垂直升降了呢。」

梅普露叫出糖漿，用【念力】上浮，停靠在山壁上的一個洞口邊。

「糖漿謝謝！」

進了坑道，梅普露又將糖漿收回戒指。坑道並沒有寬到能直接騎巨大化的糖漿進入。

「好像不算是地城耶。」

「對呀，而且好窄……我大概會有點難打。」

在難以行走，兩人並排就要把路占滿的地形，使莎莉依靠機動力的打法難以發揮。

「那這次就看我的啦！」

「就是這樣，拜託啦。」

「包在我身上！」

這項任務單純是消滅怪物，擊殺一定數量的坑道怪物即可完成。

「【獻身慈愛】【砲管啟動】！」

梅普露將一根根砲管指向前方，帶頭邁進。狹窄通道限制了莎莉的迴避力，使一併發動【獻身慈愛】，在攻防兩面都做好萬全準備。

然而走了一會兒，都沒見到可能的怪物。

「都還沒有怪物的感覺耶。」

「嗯，我有注意看前面喔！所以不用怕哇啊！」

「梅普露！」

緊盯前方的梅普露突然在莎莉眼前栽了個大跟斗。幸好跌倒不至於摔壞武器，梅普露抓著莎莉的手爬起來查看是怎麼回事。

「……看來不止前面，下面也要注意呢。」

「……？啊！結冰了！」

摸了一下地面感覺十分光滑，仔細一看，光線照到的部分有強烈反光，表示結冰。

「在戰鬥中跌倒就是破綻，接下來要小心走喔。」

「嗯！嚇我一跳……還以為怪物從我看不到的地方偷襲呢。」

兩人叮嚀自己在戰鬥中要注意腳下，慎重地步步前進。

梅普露和莎莉愈走愈深，地面依然結凍，洞頂也出現了冰柱。

「差不多要出來了吧？」

「小心點喔，腳下也是。」

「嗯！」

為避免滑倒，梅普露小心翼翼地前進，終於看到一塊浮在空中的冰。冰上有血條，且似乎能颳起風雪，身邊圍繞著冰雪交雜的旋風。看樣子是具有意識，外觀雖如冰塊一般，實際上接近精靈或妖精一類。強烈的寒氣使得洞頂垂落的冰柱特別粗，看得出來冰塊是怪物。

「出來了！」

同時怪物也注意到她們，旋風變得更強，籠罩冰柱並折斷了它，要先發制人似的射向她們。

「先用盾牌擋！」

「知道了！」

尖銳物體要盡可能避免以身體承受。會穿透防禦的攻擊，大多會有相應的攻擊方式或技能名稱。

消耗【暴食】吞噬射來的冰柱後，梅普露開始反擊。

「【全武裝啟動】！【開始攻擊】！」

她啟動大量武器，砲口指向冰精靈。然而武器對攻擊宣言毫無反應，一顆子彈也沒射出去。

「奇怪？……啊！結冰了！」

武器表面結上了一層白霜，砲管也掛起了冰柱。效果多半是封鎖部分技能的冰，事先預防了梅普露的攻擊。

「那就要在【暴食】用完以前趕快打了。它動作很慢……其實根本沒在動吧。」

「就是啊！」

梅普露小心走過結冰的地面，在快速伸長的冰柱進入射擊狀態前貼近了冰塊。

「既然不動……嘿！」

她高舉盾牌，大力往冰塊砸下去。這面能將血量不夠的怪物一口吞噬的盾牌再度發揮它的力量，瞬時消滅了冰塊。

看來儘管到了第九階，第一個任務的怪物也不至於太棘手。

「ＮＩＣＥ～在用完之前，可以先照這樣打。不然觸發其他攻擊也不太好。」

「嗯！沒問題！」

「冰柱我來擋。地上結的冰我已經習慣了，不怕那種單調的攻擊。」

怪物只會折斷冰柱射過來。雖然地面滑溜，只要冰柱無法連發，即使武器被封也不會造成問題。【獻身慈愛】沒有遭到封鎖，防禦能力不變，應該不會陷入苦戰。

「任務只剩下九隻而已。」

「其他的躲在哪裡呢～？」

「路就只有一條，一直走下去就會遇到了吧？」

「好～加油～！」

倆落打倒第一隻後，兩人以一口氣完成任務為目標，往坑道深處快速挺進。

這畢竟是前期任務，一路上沒有太大的阻礙。

儘管武器被封，寒氣攻擊對梅普露沒有效果，莎莉也藉由準確擊落冰柱來保護她。只要能接近冰塊，用盾牌輕輕敲一下就行了。

任務需要打倒十隻，在一開始的冰柱耗掉了一次【暴食】，【暴食】又只限十次的情況下，不能每隻都這樣打。但最後的幾隻，也在莎莉的攻擊下輕鬆擊破。

「呼～這樣就搞定了。」

冰塊被莎莉的匕首刺穿，啪唧一聲碎成一地，變成了光。

「莎莉，任務完成了耶！」

「才剛開始而已……難度差不多就這樣吧。」

「太順利了！」

「這不是隱藏任務，做給大家過的，可能只是把強度保留到後面。」

「原來如此。」

「總不能全都像魔王那麼強，不然就會變得像爬塔活動最上層那樣……」

「那樣就實在太累了。」

隨著任務推進，怪物強度和機制複雜度想必都會增加。

想走到那一步，只能按部就班地解決眼前的任務。

「總之先出去吧，到外面任務應該會推進。」

「嗯！」

兩人小心地折返，走出通道，和來時一樣搭糖漿降落地面。

帶她們來的大漢已在下面等候，迎接她們平安歸返。

「喔！妳們幹得很漂亮嘛！這樣就能開工了，酬勞請到城下鎮的任務櫃台領吧。這陣子每個人都很忙，希望妳們也能去幫幫其他人！」

「好！」

「那我們先回城吧。照這樣看來，應該也有人完成了吧。」

如果難度都差不多，其餘六人也不會苦戰到哪去，或許已經有人先回去了。兩人如此猜想，離開坑道。

迅速完成任務的兩人回到城鎮，前往櫃台回報任務。

由於在第九階能做的事，大多是從這裡開始，玩家和離開時一樣多，相當熱鬧。

「直接回報就行了吧？」

「嗯，應該是。」

兩人一到櫃台附近，任務圖示就跟著切換，表示可以回報了。點一下藍色面板上任務完成的字樣後，酬勞、材料、金幣與經驗值都入了袋。

「喔喔～！」

「雖然事先就知道有酬勞了，可是真的拿到以後，還是有點賺到的感覺耶。」

「就是啊！」

在坑道裡的戰鬥，一樣有材料和經驗值能拿。完成任務能再拿一份，使得玩家升級更快，可說是做愈多愈賺。

而且這也是第九階的核心要素，玩家自然會認為多接任務比較好。

「大家好像還沒好耶。」

「做完了不一定直接回來呀，有可能是先留在野外探索。」

每個人都是剛踏入第九階地區，對這裡幾乎是一無所知。探索方面又不像第八階那樣特別限制，光是在廣大的野外亂走，就能耗掉大把大把的時間。

「怎麼樣？要繼續接下一個任務也可以，出去找稀有事件也不錯。」

任務能拿到與付出時間成正比的安定回報，但論爆發力，還是尋找隱藏的任務、道具或地城要高得多。然而第九階地區的重心在於推進任務，考慮到需要按部就班完成委託以解鎖更高級的任務，想找稀有事件就得另外騰出時間。

「嗯……該怎麼辦呢……」

梅普露思索到一半，有個熟面孔推門進來。梅普露和莎莉的裝備在人群中依然顯眼，對方很快就注意到她們。

「嗨，妳們好啊。是喔，【大楓樹】這次跟我們一起啊。」

「莉莉！」

「【Rapid Fire】選這邊嗎？」

「一半一半吧。都看過以後才知道。」

和【大楓樹】一樣，【Rapid Fire】目前也是派人到鄰國蒐集情報的階段。

「畢竟活動會複製野外地形來用嘛。」

威爾巴特說得沒錯，取得敵境的詳細資料在攻城戰中是一大重點。大型公會有足夠人手可以分擔，所以要活用優勢。

「就是啊，我也覺得現在是準備期。」

每個玩家都是在探索第九階的同時，將眼光放在接下來的ＰＶＰ上。

「我們已經兩邊都看過了……妳們要也趁早看一看比較好。完全沒看過另一邊的話，會很難決定吧？」

由於兩國野外性質大不同。即使能聽公會成員回報或從網路蒐集資訊，百聞總不如一見。

「兩國都有很多任務，想在活動開始前兩邊都做完，是很困難的事。」

「這樣啊……」

任務結束後會發生什麼事仍不明朗，不能排除會讓活動更有利的可能。與其做得不上不下，還是早點歸屬其中一方比較好。

因此，莉莉他們選擇趁早把兩邊看個仔細。

「莎莉，那我們也先去對面看看嗎？」

「好哇，這裡就借鑒前人的智慧。」

迷惘之中，正好有人提供了方向。這當然不會直接導致她們決定歸屬哪個國家，只是趁早行動而已。

「如果發現有用的東西，也跟我們報一下喔。」

「呵呵呵，我才不要跟可能會是敵國的人說。」

「哈哈，好可惜喔。」

話雖如此，目前並不是真的對立。若有機會一起攻略地城，同樣會互相幫助。單純是出於PVP考量罷了。

「有機會的話，我們再找個地方組隊吧。」

「好！」

威爾巴特和莉莉簡單告別，往大廳裡擠滿玩家的一角走去，可見那群都是【Rapid Fire】的人。這裡聽不見他們在說些什麼，多半是在交換資訊吧。

「那我們趕快到另一邊去吧。」

「不曉得那邊是什麼感覺。」

「印象上來看，感覺攻擊力高的怪物或陷阱會很多……」

猜得再多，還是要走過一遭才會知道。儘管一開始是打算先在這待一陣子，兩人仍邁向了充滿火焰與雷電的荒蕪大地。

◆□◆□◆□◆□◆

兩人逐漸遠離充滿冰、水與綠地的林野，腳下花草愈來愈少，再也看不見廣布的森林。

兩片野外的交界處是荒蕪大地與豐饒林野相混，優勢將隨地形改變的樣子。

穿過交界，眼前就是一整片對方的野外區域。

大塊岩石如森林般聳立，岩石之間蓋滿了沙。每隔一定時間就會有電光和火焰竄過岩石，如同對面的水流和冰塊，為這裡構成獨特氛圍。

小溪換成了濃稠的岩漿流，照亮周邊。

「那裡好像最好不要碰到。」

「嗯，踩到岩漿會燒起來呢。」

梅普露對地形的固定傷害一點辦法也沒有。無論防禦力再怎麼高，一旦計算傷害時略過這條數值就沒有意義了。

由於需要跨越如此地形才能抵達城鎮，路上難免會遭遇怪物。在光禿禿的岩地上走著走著，許多超過一公尺的大蜥蜴成群結隊地從石頭後冒出來。

「哼哼，沒在怕！【全武裝啟動】！」

梅普露啟動各種武器，往四面八方灑子彈。基本上躲不開的彈幕，不斷地打在試圖接近的蜥蜴身上，削減牠們的ＨＰ。不過第九階的怪物也不是省油的燈，沒有這樣就死光，還包圍她們張開嘴巴，噴出劇烈火焰反擊。

「我先躲一下喔！」

【獻身慈愛】尚未發動，莎莉迅速製造隱形踏點，到空中避難。梅普露則是用互相傷害的方式來攻擊，但防禦力的差距實在太大。蜥蜴的堅硬鱗片也有高度防禦力，卻仍遠不及梅普露的身體。渾身火焰的她就這麼站在火柱之中，重新再造損壞的武器。

莎莉在稍遠處著地，靜靜看著這一幕。

「說沒事……好像有點怪。總之沒問題的樣子。」

梅普露的血條動也不動，只有不停挨轟的蜥蜴一隻隻倒下並消失。

既然沒有能與她對抗的手段，數量再怎麼多也無法改變結果。

籠罩梅普露的火焰隨著蜥蜴減少而逐漸衰退，最後完全熄滅。

「沒有危險性的樣子。」

「只是吐火的話沒問題的啦！」

「蜥蜴不用怕……繼續看其他怪物吧。」

「？」

「妳想嘛，既然會直接複製野外當戰場，不就是表示可能有怪物嗎？進攻路線上安排在強怪少的地方比較好。」

「喔喔～！說得對！」

「封鎖招式很討厭，不過單純只會攻擊的怪物多起來也很煩。遇到的時候不知道怎麼打就不好了。」

「嗯嗯，原來如此……」

梅普露也提醒自己，要記住野外有哪些怪物。這次和過去不同，新活動任務內容已經提早公告，需要注重的事和平常探索不一樣了。

「那先找幾個感覺可以躲的地方也不錯吧！」

「對呀，這樣不容易被偷襲，我們也容易偷襲。再來就是……也不會衝過去以後才發現前面都是岩漿。」

「這很重要的樣子喔！」

於是兩人決定在前往城鎮的路上仔細觀察怪物情況，放棄乘坐糖漿飛行，以步行方式勘查地形。

不久兩人來到城鎮附近，開始回顧路上遭遇的怪物。

「呃……有會把刺射出來的超大仙人掌，從地底鑽出來的大蟲，還有任務裡遇到的那種冰的火焰版跟雷電版！」

「會穿透的只有仙人掌吧，有機會再仔細調查看看。」

射出的刺看起來不能用身體承受，梅普露便直接拿盾來擋，不曉得有無穿透效果。假如那一大堆刺都是穿透攻擊，【不屈衛士】的效果在連續攻擊下形同虛設，要是正面中招，憑梅普露的ＨＰ會非常危險。至於其他怪物，由於特效似乎沒有穿透的危險，已

經用身體測試過了。

然後是打大蜥蜴時已經知道的事，野外怪物的類型與對面國家完全不同。

「多注意相剋的屬性和攻擊方式會比較好。」

「要注意的事好多喔！」

「現在每個玩家都有新招，考慮進來會更多喔。」

等級低時技能少，應對手段自然也少，有很多狀況多想也沒用，但現在沒那麼單純了。

「這種程度的怪物，到時候才遇到也不會怎樣，但小心駛得萬年船嘍。」

儘管有部分怪物比較棘手，它們總歸是野外到處出沒的怪物。基本上是給玩家賺經驗值用的，不會設定得太強，大概只有魔王級才能逼死來到第九階的玩家。

「不要再留在外面一直聊了，進去吧。」

「嗯！」

都來到城門口了，豈有不進的道理。圍繞城鎮的高牆與敞開的城門後面，是以黑色為主的城市。如同對面以冰與水作裝飾，這裡到處是電光和岩漿。

兩人就此踏入與以白色為主，充滿流水與自然的國家相比，頗為怵目驚心的國家。

進城後最先注意到的，是兩國配置幾乎相同。一進門後是一條筆直的大道，眼熟的ＮＰＣ商店招牌也幾乎在對應位置。

最大的不同是玩家以外的人很少吧。

但少的是「人」，在城裡走動的ＮＰＣ全都有獸耳、獸尾、龍翼等人類所沒有的特徵。

「原來如此，這邊是這種感覺啊。」

「很像第四階耶！或是浮游城那樣！」

「是還滿像的。跟浮游城一樣都是龍人。」

兩人一邊觀察城市構造，和先前一樣往城堡走。之前接受的任務自動暫停，接到前往新城堡的任務。

兩國果真都有一套任務，且不能兩邊都做。

「總之就是選一邊嘍。」

「好像是耶～」

這邊的任務步驟也是一樣，兩人走過大道，爬上長長的階梯，邁向同樣位在高處的城堡。

到了城堡前，之前在浮游城見過的那種連臉都完全是爬蟲類的龍人站在門口，招呼她們倆。

帶她們到國王面前的路上，衛兵同樣不時提供關於國王或國家的些許資訊。

「我們的國王很強喔。這時候應該是在王座廳裡……小心別亂說話，被國王打扁了！」

龍人士兵訕笑著說。

「會、會是怎樣的人啊……」

「比那邊的國王更依靠蠻力的感覺。」

那邊外觀上比較像是法師型，而非肉搏型，這邊的聽起來實在很像是專打近戰。

「這樣的話，流水和自然那邊的國王在兩軍對陣上感覺比較強耶。會不會幫打就不知道了。」

以玩家人數來看，可以想見野外到處都會發生大規模衝突。

也就是無論近戰能力再怎麼高，憑一己之力所能造成的影響還是有限。

但對於法師來說，或許能用魔法彌補弱點。

「像奏就有幾本射程長得不得了的魔導書。」

「真的……靠近不了敵人會很傷腦筋，魔法就沒有這個問題了！」

梅普露由於其他數值低，經常遭遇接近不了敵人的狀況，因此很明白射程長短是多麼重要。

聊著聊著，兩人來到了國王所在的廳室前，衛兵同樣開門請她們進去。

「好大……！」

「真的耶！」

就第一眼印象，約有流水與自然之國的一・五倍大，而且房裡除了國王沒有別人，感覺更寬了。

「啟稟陛下，訪客已到！都是旅人！」

衛兵如此呼喊後，他口中的國王站起身來屈膝一跳，在她們面前空中急停再緩緩落地。

距離這麼近，讓她們能夠看清國王的面貌。那是個比她們略高，有一頭比梅普露略長的蓬亂黑髮，體型細瘦的女性。真正明顯的特徵，是那對蓋滿堅硬鱗片，長有利爪的手腳，背後的龍翼以及粗壯的尾巴。

「嗯～？」

國王臉湊過來，打量她們一會兒後滿意地稍微退開。尾巴和翅膀發出黑光消失不見，手腳也變成人類的模樣。

「怎麼，又來了幾個軟腳蝦！」

「人不可以貌相喔！國王妳自己還不是一樣。」

「哈哈，這倒是。旅人啊，歡迎來到我的國家！來得好！」

兩人又聽了一遍類似的歡迎詞和接下來活動的相關介紹，以及選擇陣營與委託的說明。

「要是敢投靠敵陣，我一定不放過妳們。不想被我們痛宰，就加入我們吧。」

國王對自己的戰力頗有自信，說明過後如此放話，命令衛兵帶她們出去。

在離開王座廳的路上，兩人分享這段時間的感受。

「……想不到是那種的呢。」

「好像真的很強耶！」

「妳看她那麼快就飛到我們面前，跟她打的話就要把這種機動力考慮進去，有翅膀就會飛……跟那邊的國王相比，戰鬥的情境是比較容易想像吧？」

不出所料，是擅長肉搏的氛圍。假如她擁有龍一般的膂力，攻擊力肯定是相當地高。

「還有就是速度快的人形怪體型小不好打，也是一種優勢。」

「莎莉說起來特別有說服力呢。」

至少對梅普露而言，想跟上她的速度會非常辛苦。

「會跟國王打的話，投靠這邊好像比較輕鬆。有梅普露在，範圍魔法就沒什麼好怕的了。妳想嘛，既然那個爺爺不像是會打肉搏戰，應該是丟魔法沒錯。」

「了解了解。」

但話說回來，這一切都仍是處於猜測階段。實際上究竟如何，得仰賴玩家們蒐集的資訊才能判斷。

無論如何，兩人至少是見過兩國首領和一部分怪物了。接下來只需要蒐集情報，選擇最後的歸屬。

「距離活動還有很多時間，慢慢來吧。」

「嗯！」

第九階的探索才剛開始，接下來才是重點。

獲得新知的兩人就此離開城堡。

552名稱：無名弓箭手
決定你的陣營吧。

553名稱：無名巨劍手
再等我一陣子，
目前兩邊看起來都差不多。

５５４名稱：無名魔法師
這樣啊？
我還沒去另一邊。

５５５名稱：無名巨劍手
基本上城鎮設施完全相同，
商店位置也幾乎一樣，只有外觀上的差別。大概是為了公平起見吧。

５５６名稱：無名長槍手
這樣比較好。
不然哪邊比較不方便，人就跑光光了。

５５７名稱：無名魔法師
我已經先選大自然豐富的那邊了。
單純是感覺上比荒地舒服，
心靈祥和。

５５８名稱：無名塔盾手
有道理。
畢竟是拿來作據點的地方，觀感也是滿重要的。

５５９名稱：無名巨劍手
不過另一邊是活跳跳的高傲龍女喔。
老爺爺沒有她香吧。

５６０名稱：無名長槍手
老爺爺那麼帥，也不錯吧。
方向不一樣而已。

５６１名稱：無名弓箭手
真的有人是因為這種事換國家的喔。
這關係到鬥志，也挺重要的。

５６２名稱：無名巨劍手

「龍娘王」就已經贏在起跑點了。
再來就是單純看起來很強……

563名稱：無名塔盾手
我是只有聽說，還沒親眼看過。
機動力很厲害的樣子。

564名稱：無名弓箭手
與她為敵的話，射箭一定很吃虧，所以我應該會選她那邊吧。

565名稱：無名巨劍手
其實老爺爺也有可能是深藏不露，不過還是得以眼前的威脅為優先就是了。

566名稱：無名長槍手
先等一下。
有人在龍娘那邊看到梅普露。
可以當作她會待在那邊嗎？

５６７名稱：無名塔盾手
她目前待在那邊，
還是觀光兼調查的感覺，不曉得最後會怎樣。

５６８名稱：無名巨劍手
真的不用擔心未知的對手，應該以眼前的威脅為優先呢。

５６９名稱：無名塔盾手
就是啊。

５７０名稱：無名弓箭手
國王有什麼好擔心的……
現在是某一邊會有魔王助陣啊……

５７１名稱：無名魔法師
現在一騎當千的怪物多得是。

而且擺明不是敵人就是同伴，真的要多注意一點。

572名稱：無名塔盾手
而且細節都還沒公布清楚，
怪物什麼的都可能直接搬進活動場地。

573名稱：無名弓箭手
是啊。
總之我會去把大範圍的攻擊技弄一弄。

574名稱：無名巨劍手
交界處大多是平地，用弓箭或魔法來擋的話敵人沒那麼容易接近，遠程占優勢。
更別說遠程還會去找範圍攻擊了。

575名稱：無名長槍手
一般來說，敵人愈接近城堡對防守方愈有利，衝擊方的損耗會愈激烈。
要和其他玩家一起布陣才行。

５７６名稱：無名塔盾手
這是最重要的事。
人數和團隊合作，是攻城的不二法門。

５７７名稱：無名魔法師
然而貴公會有一個把能那當放屁的生命體存在。

５７８名稱：無名長槍手
而且還會強化自己人……
例如天使化之類的。

５７９名稱：無名巨劍手
一堆最強個體聚在一起，還講什麼團隊合作。

５８０名稱：無名弓箭手
不過這次規模比第四次大，

勝負應該還是取決於各公會之間的配合度吧。
玩家再怎麼強，也不能同時打兩個戰場……除非時機抓得神準。

581名稱：無名長槍手
難度很高啊。
每個人對其他公會的了解都不會比自己公會多。

582名稱：無名魔法師
有需要跟其他公會多多交流了。

由於活動細節尚未完全公布，玩家們依然只能憑藉預測作準備。
在如此情況下，預測準度高的公會無疑能使戰局變得更加有利。
因此，每個玩家都盡可能蒐集情報，好更接近勝利。

第二章　防禦特化與自由探索

大致見過兩國情況後，梅普露再度回到以流水與自然為主題的國家，歸屬圖示隨之改變。

其餘公會成員也將心力集中於蒐集一方陣營的資訊上，視擅長領域來分擔。戰鬥方面以克羅姆和霞為主，城鎮與道具則是交給奏和伊茲。

經過成員們的查訪，結論是目前能接的任務並不會使他們陷入苦戰。於是【大楓樹】暫且擱置任務，要趕在活動開始前八人聯手蒐集各種資訊。

例如伊茲即是在採集材料的過城中記錄採集點。

若屆時是直接複製野外數據，能順利補給物資肯定是有所幫助。

而且她自己本來就需要第九階的材料，對伊茲是一石二鳥，便交由伊茲負責。

莎莉這邊也如她與梅普露組隊時所說，到處了解怪物的強度與能力，克羅姆和霞負責在探索之中記錄易於攻守的地形。

相較於第四次活動，現在自軍陣地廣大很多，地形也更加多變。勘查肯定會有缺漏，只能盡量減少。

這當中，公會會長梅普露則是——

「嗯……直接叫我自由探索，反而不曉得怎麼探耶。」

大夥不曉得該要她特別做哪件事，便放任她隨興探索整個地圖。

「那我應該要去看大家可能還沒看過的地方吧！」

成員們會定期回報在哪裡做過怎樣的探索，只要跟那些回報錯開，至少能避免在重複地區蒐集資訊的事。

然而大家的用意不是要她補缺，而是期許她發揮獨有的突變力。

這種事不能當面對她說，所以就跟以前一樣，隨她自由探索了。

「糖漿，哪邊比較好？」

她對走在身邊的糖漿這麼問，而糖漿當然不會回答。

「嗯……那就這邊吧。」

既然明言做什麼都可以，梅普露便一次接了幾個任務起來做。要順從第九階的設計推進任務，同時探索周邊地形。

這次梅普露是往遠遠就看得出來結凍的森林走。這一帶的高大樹木全都完全凍結，在陽光下閃閃發光。

沒什麼好趕的她悠悠地來到目的地。樹皮上蓋了一層厚厚的冰，彷彿是保存在透明冰塊裡一樣。

「好漂亮喔……不會融化嗎？」

敲一敲，只是喀喀喀地響；摸一摸，不像會融化的樣子。若不特別對它們做些什麼，會一直保持下去吧。

「好！找起來！」

梅普露這次難得挑了採集型的任務來做。要找的道具是凍結的葉片，和到處都有的樹木不同，一眼就能分辨。

採集型任務原本是伊茲的領域，可是這裡她不能單獨來，就留給梅普露做了。

梅普露也聽說過這裡的事，要在問題現象發生前努力採集。

「這邊有嗎～」

地面也到處結冰，梅普露一面注意不要滑倒，一面觀察四周。

或許是因為這是最低階的任務，她很快就發現了目標。

葉片像是冰結得更厚，顏色濃得接近藍色。且飄浮在周圍空中，真的是一目了然。

「有點高就是了……」

這裡空間不夠讓糖漿巨大化，梅普露便換了塊盾。

「好像很久沒用了耶。」

她拿出第二次活動時取得的紫水晶盾牌，發動附帶技能，在地面造出水晶牆。

雖說是牆，梅普露大多是像這樣當踏台來用。

爬上水晶牆後，伸個手就能輕鬆取得她要的葉片了。

「這樣就……行了！沒錯！」

再來就只是用同樣手法，達成要求量而已。

然而沒採幾片，伊茲無法獨自前來的原因伴著咆哮出現了。

比浮游城等處遇到的小了很多，但那全身蓋滿藍色鱗片，用一對強健巨翼飛行的怪物無疑是龍。

「哇，出來了！」

在梅普露採取行動前，龍已往她周圍激烈吐水。

遮蔽視線的水量讓她嚇了一跳，可是沒有傷害，安心不少。

「還好……」

然而那只是一下下，龍接著噴吐寒氣，將一身水的梅普露連同周圍地面一起冰凍，關在冰塊裡。盾牌在【暴食】影響下沒有結凍，但看樣子是無法一次吞噬全身的冰。

「……糟、糟糕了～！」

身體被完全凍住，儘管透明的冰塊不會遮擋視線，能夠繼續把握狀況，手腳卻動彈不得。梅普露用力思考有什麼能融化冰塊，途中發現腳下多了一片以她為中心的大陰影。

是追擊。巨大冰塊在她頭頂上生成，隨後直接砸在她身上。砸碎了困住她的冰，並將她往旁衝開。

「好耶！出來了！」

不過她本身沒有受傷，單純為逃出冰牢而高興。如果每次都會這樣追擊，就不必去想怎麼破冰了。

「【砲管啟動】！【開始攻擊】！」

梅普露啟動武器展開反擊，往天空發射砲彈。可惜對方的閃躲能力也不錯，攻擊只打中一部分，HP扣得沒有想像中多。

「好像會花很多時間……」

有此預感的梅普露斷然放棄，走她的路。戰鬥不是此行的目的。

龍只會把她弄成冰雕，算不上威脅。

那麼現在當然是眼不見為淨。一般而言，這不是能夠忽略的怪物就是了。

「我馬上就走了啦！」

梅普露表示無意冒犯後趕緊跑起來，蒐集凍結的葉片。

梅普露就此不停承受讓周圍地面幾乎無處不結冰的兩種噴吐，但不管捱了多久都一樣，只會讓她變冰雕。

把戰鬥弄成很花時間但不會輸，是梅普露的拿手好戲。

以身體承受所有攻擊，蒐集到足夠葉片後，梅普露滿意地離開凍結森林。

「呼～好累喔……不過總算是完成了！」

任務的完成條件並不包含擊殺那隻龍。據說在那裡摘樹葉一定會遇見牠，說不定以後的任務會有打牠的必要，目前不用把時間花在這裡，有緣再相會。

於是出了森林梅普露就轉過身去，要向牠告別。

結果映入眼中的，不是凍結森林中的冰水噴吐，而是熊熊火光奔竄的瞬間。

火焰一閃即逝，不過覆蓋樹木的冰都完好如初沒有融化，讓梅普露很驚訝。

「還有一隻嗎……？」

梅普露只遇到噴冰的龍，有一般吐火的龍存在也不足為奇。事實上之前遇到的龍幾乎都是噴火，這種噴冰噴水的反而少見。

然而莎莉和伊茲所提供的資訊中完全沒對火龍提過隻字片語也是事實。

「會不會是稀有怪呢！」

既然說好可以自由探索了，回到任務已經完成的地點也無可厚非吧。

她就此返回森林，查看火焰的來源。

火光只出現一下子，可以確定的是範圍相當大，不曉得究竟是什麼造成的。繞了一會兒，梅普露先發現的不是怪物，而是玩家。

「啊，蜜伊！」

「梅普露！妳來這裡是要解任務？」

「嗯！解完以後看到很大片的火，以為是稀奇的東西就回來看看了……」

「哈哈哈，是我弄的啦。」

「我想也是～還以為是龍在吐火呢。」

隨著持有技能增強，玩家也能造成規模近似怪物的現象，像梅普露自己就經常被誤認為怪物。不過那是因為她外表就是怪物。

「我的火力是真的提升很多喔。在【大楓樹】裡也沒人單憑一個技能就能打這麼大範圍的吧？」

「我是不知道大家到底有些什麼技能啦……搞不好沒看過那麼大的耶！」

伊茲的大範圍爆破需要長時間準備，奏說不定會有一、兩本那樣的魔導書，但基本上是用一次就沒了。

蜜伊一整面火焰製造的範圍攻擊無處可躲，傷害比梅普露的【機械神】還高，沒什麼比這更適合將她的強項傾倒在敵人身上。

「龍已經打死了嗎？」

「沒有啦，打了幾下以後牠就跑掉了。不算擊殺，只能說擊退吧。」

蜜伊將到手的葉子秀給梅普露看，表示這樣就能自由採集了。

「真厲害……我打牠的話會拖很久，就放著給牠打了。」

「放著不會比較累嗎？」

「雖然有時候會被冰得硬梆梆，不過很快就會放我出來，還是可以採喔！」

「果然厲害……」

蜜伊模仿這種事，只有強制回城這種結果而已。

選擇符合各自打法的攻略方式才是上策。

「梅普露，妳再來要去哪？任務好像解完了的樣子。」

「我還接了很多，準備找一個來做喔！」

「是喔，選哪個？」

「我看看～」

梅普露開始對蜜伊說出她接了哪些任務，蜜伊也接了幾個同樣的。任務種類有限，且任何人都能說接就接，這也是當然的吧。

「如果有空的話，要不要一起解？兩個人應該會比較輕鬆。」

「好哇～！」

「好，那就一起嘍！我叫伊葛妮絲出來，上來吧。」

「好～！」

兩人就此飛向下個任務的地點。

「有夠快的啦！」

「牠跟糖漿不一樣，原本設定就是會飛嘛。」

不死鳥伊葛妮絲和受到梅普露技能影響而懸空的糖漿不同，本身具有飛翔能力。使用特異飛行方式的糖漿恐怕永遠追不上牠的速度。

「現在魔寵會飛的玩家好像不少喔。我們公會裡也有非要飛行怪不可的人，最近才找到魔寵呢。」

「會飛真的差很多嘛。」

「光是能在戰鬥中占據高處就夠強了，還有能夠無視地形來移動的機動力……難怪比較受歡迎。」

「而且在現實世界不能這麼自由地飛來飛去！」

「哈哈哈，就是啊。這點說不定也是魅力。」

現在距離梅普露騎糖漿單獨飛行的時期已經過了很久，玩家們早已將天空納入行動範圍，深度開拓。

「而且在攻城戰裡，能飛過城牆不是比較強嗎？」

「……！」

【炎帝之國】那些終於找到合適魔寵的成員，就是為了在這種時候取得優勢才等那麼久的吧。

只要能飛，圍繞城鎮的高牆的確就形同虛設。事實顯示，具有飛行能力的玩家和怪

物，比起以地面戰鬥為主的是少之又少。光是能針對防守薄弱之處進攻，威脅就夠大的了。

「只是說，他真的等了很久。這中間都經過了一次活動跟第八階呢。」

「好有耐心喔……」

「希望他的魔寵不會辜負他的期待。」

前往任務目的地的路上，兩人聊起彼此的近況。

「【大楓樹】現在是留在這邊陣營的感覺？」

「大概是吧？說不定已經有人把資訊蒐集完，到另一邊去看了。」

「正常都會想去另一邊看看呢～所以你們還沒決定好要選哪一邊啊……」

在期限之前，玩家可以任意更換陣營。現在在同一陣營探索，到了活動當天就不一定了。

「蜜伊妳呢？」

「其實我們也還沒決定好。而且這次活動，同一個公會的人好像不一定要選同一個陣營。」

「是喔？」

「嗯，不過這要等公告出來以後才能確定。妳看入境的時候，圖示不是分別標示的嗎？」

「真的……」

「所以說，同一個公會的說不定可以互相敵對這樣。」

蜜伊不打算強制這些公會成員跟隨她。

「如果他們想跟我打，我當然是不會手下留情的啦！我好歹也是會長，怎麼能輸給他們。」

「蜜伊這麼強，沒問題的啦！」

「我們公會的人也很強啊，不能太小看他們……【大楓樹】是會選同一邊吧？」

「是還沒講過這件事，不過應該是吧！」

「人數剛好一隊，感覺挺不錯的，你們也很有默契了吧。」

前鋒到後衛都不缺，且個個能力優異又互相契合，彌補彼此的短處。

看不出刻意拆散有任何好處。

「不曉得會跟哪個公會一起打耶。」

「這要到開始以後才會知道了。」

「能跟蜜伊一起打就好了！」

「呵呵，那妳就要仔細想想我會去哪一邊嘍。」

「我盡量！」

「加油喔。啊，快要到了！抓好喔！」

「好～！」

蜜伊下指示後，伊葛妮絲以盤旋方式慢慢降落。

兩人在一座大湖邊落地。雖然周邊全是森林，從空中鳥瞰是再怎麼樣都不會錯過的。

湖邊的樹被粗暴地折斷了一大片，巨大化的伊葛妮絲也能直接降落。

「謝啦，伊葛妮絲。」

「就這邊啊。」

「我不太適合打那種怪，既然遇到妳，就想說趁機會趕快來打。而且說不定拖久以後我就忘記打法了。」

不久，這個看得出來蜜伊為何需要講求訣竅打的怪物現身了。水面劇烈振盪，第九階隨處可見的反重力水團從湖面冒出來，許多條水柱和它們連在一起，延伸出無數水道。

體長約五十公分的魚群，在水道裡高速游動。

在上上次活動和第八階地區，這種怪物已經看到煩了。

難怪她會想在身體忘記其速度與打法之前解決這個任務。

「【獻身慈愛】！」

「【豪炎】！」

當梅普露做好防禦工作，蜜伊立刻從安全圈內放射烈焰。烈焰貫穿水柱也依然燃燒，對裡面的魚造成巨大傷害。

「喔喔～！」

「既然動作很快，用範圍大到沒地方跑的招式打就對了。不過傷害在水裡會降低就是了……」

不愧是第九階的怪物，即使受了一記如此巨大的重擊，剩下一點點ＨＰ的魚群仍試圖反擊，合力射出猛烈渦漩的水流。

「【沉重身軀】！」

見到似乎有擊退效果的外觀，梅普露立刻放技能取消擊退，擋下漩渦。

漩渦看起來很炫麗，但沒有穿透效果，不至於傷到梅普露。

在這種場面也能及時使用技能，也算是多少習慣了這個遊戲吧。

「不用躲真的很輕鬆……【蒼炎】！」

蜜伊化為超高火力的固定砲台，用火焰對抗水流。打到一半，梅普露也想到這場戰鬥和平常不太一樣。

如果是莎莉，應該是貼上去賺傷害。不過現在外面沒人，可以使用平常不能用的技能了。

「好，【毒龍】！」

梅普露如此高聲宣告，朝湖面噴射毒液奔流，將水柱與水道染成紫色，對裡頭的魚群造成傷害。現在水裡沒有同伴，沒必要避免汙染水域。

「哇……」

結果就是，雖然目的和蜜伊一樣都是打倒怪物，但毒殺的畫面感覺特別殘忍，而且多半不是錯覺。

隨著ＨＰ漸漸減少，蜜伊那些原本會剩下一點點ＨＰ的攻擊也能一擊消滅魚群。

一但毒液注入水中，魚游再快都無所謂了。只要有只能在水中活動的限制，就無處可逃。

只看畫面，會以為是火焰、毒液和水流的劇烈交轟，事實上卻是單方面的蹂躪。

任務完成的同時，湖面伸出的水柱全部消失，恢復原來的平靜。

「呼～謝啦，梅普露！有妳在，我只需要攻擊就好，太輕鬆了。」

「如果我是自己來打，也不知道要等多久呢！」

若是如此，她就得不停等待毒液流遍水道，將魚一隻隻毒死了吧。

如今蜜伊不需考慮如何在滿地倒木的惡劣地形中躲避，得以輕鬆過關。

「跟蜜伊組隊的感覺，跟平常很不一樣耶。」

「是嗎？嗯～奏的話……一樣用魔法，可是有點異類，莎莉也不是以魔法為主……或許吧。」

【大楓樹】的成員只有八個人，當然會有缺少的類型。像真正的高火力魔法師就是一例。

論攻擊力有結衣和麻衣在，奏並不需要追求魔法攻擊的傷害。

當然，梅普露的存在也降低了此一必要吧。就算不靠超高威力，讓對方什麼都還沒做就死了，在梅普露承受所有攻擊，變得有跟沒有一樣的情況下，沒有必要速戰速決，對攻擊力的重視度自然比一般公會還要低。

「結束得比想像中快很多耶。」

「蜜伊妳也接了很多任務嗎？」

「這個完成以後，我第一波接的就全部做完了，回去以後還會有下一波任務吧。以後難度應該會愈來愈高，速度要變慢了吧。」

現在能接的任務是第九階最簡單的一批，而在此階段中已經出現會封禁技能的強力攻擊，或者像先前的龍那樣從有利的空中進行攻擊，怪物本體的強度的確有所提升。考慮到未來任務難度將會提高，敵人想必會變得更難纏。

「梅普露，妳還沒做完啊？」

「還差得遠咧～不過公會的人已經幫忙看過任務內容了。」

「這樣啊。除非是剛好太不適合，不然這樣的難度，【大楓樹】的人都能單獨解完吧。」

「為了不輸給【炎帝之國】這樣的大公會，我們很努力在蒐集情報呢。」

「原來如此。蒐集情報是很重要沒錯。這方面馬克斯就很厲害了……」

「的確是很厲害的樣子呢！」

「像這次這樣有據點的活動，也是他表現的時候。他自己沒什麼自信就是了。」

然而過去活動的結果在在證明了他的能力，所以蜜伊才會如此信賴他。

「我經常跟米瑟莉、馬克斯和辛恩一起組隊，活動的時候我們四個也大概會選同一邊。到時候如果我們在同一邊，可以儘管依靠他們喔。」

「嗯！我會的！」

儘管梅普露和他們合作或敵對的次數不多，她仍相當清楚蜜伊等人的能力有多強。況且經過這段時間的強化，肯定是更加可靠了。

「我們認識這麼久了，現在是最後的準備期，妳……應該有一些祕密武器吧？」

「呃，不要講比較好吧！」

「呵呵，答對了。雖然怕怕的……我還是會期待地研討對策的。」

「我們也會努力準備的！」

梅普露過去玩遊戲都不長久，如今卻有了個身兼競爭對手的朋友。儘管與競爭對手向來無緣的她仍不習慣這樣的關係，她仍模仿莎莉，露出自信的微笑。

第三章　防禦特化與暗中行動

梅普露和蜜伊結伴解任務時，莎莉正地毯式地巡視整個地圖，順便解解任務。

「雖然遊戲裡已經有大致上的地圖……還是要親眼確認過一遍才行。」

地圖上記載著森林、河川湖泊等地形資訊，除了隱藏區域外，全都是一目了然。

然而事實上，這記載並沒有完備到哪裡去。看得見地圖標示了河川，但看不出多寬多深。像洞窟入口這種遠遠看不太出來的地形，地圖上幾乎沒有標示。

再說若不到當地走訪一次，根本不會知道有哪些怪物棲息等細節。

如果有梅普露遇過的冰龍那種意外撞上了會很危險的怪物存在，就應該將那裡標示為危險地點。這對伊茲、奏、結衣和麻衣等ＨＰ和防禦力都低的人尤其重要，能大幅減少探索時的事故率。

「希望活動場地根本就沒怪物。」

如過去所述，莎莉的行動準則就是小心再小心，盡可能避免因準備不足而摔得鼻青臉腫的狀況。畢竟莎莉的被動防禦力可說是比等級一玩家還差，安全勘查的最大受惠者還是自己。現在她的武器能變形為盾，在能夠充分發揮實力的情況下，幾乎沒有處理不了的攻擊。

追根究柢，這場勘查主要是為專注力下降時作準備。就算專注力低到無法依靠反射神經來躲避，只要事先知道對方會如何攻擊，就能藉由提早準備來避免傷害，這樣的案例是確實存在的。

對莎莉而言，這些戰前準備是至關重要。

由於以上緣故，莎莉到處勘查野外的怪物與地形，順便加減升級解任務。

「火和電那邊真的是攻擊性效果比較多耶。」

水與冰就像梅普露遇到的那樣，不難想像攻擊或陷阱都是以凍結目標，封鎖其行動為主。

相反地，火與雷則是直接造成傷害的印象。

莎莉也實地感受到了明確的差異。流水與自然的國度有地形會釋放寒氣冰凍玩家，降低【ＡＧＩ】，火焰與荒地的國度有些地方則是會不停噴發顯然會造成傷害的岩漿。前者會削弱莎莉和霞的強項，後者會對梅普露、結衣和麻衣受到固定傷害，直接死翹翹。

哪些地形可以強攻，那些地形值得利用的判斷標準因人而異，莎莉則是深刻體會到那將會是他們決定陣營的要點。

勘查當中，她發現另一個同樣在查看地形並製作記錄的玩家。

「難得看妳一個人耶。」

「……？莎莉啊，辛苦了……」

雛田向對她打招呼的莎莉敬禮寒暄。

「妳也在勘查地形和怪物嗎？」

「對，薇爾貝不太會做這種事……不、不過這當然是因為她強到不做也沒關係。」

「可以這麼說沒錯。」

薇爾貝的雷擊威力和範圍都不輸擁有大量作弊技能的梅普露，也能以不遜於莎莉的速度進行近戰攻擊，水準之高是可以理解。

「只是我覺得，能做的還是都做一做比較好。她這個人就是有點少根筋……」

「雖然我認識她不久……但可以這麼說沒錯。」

她平常裝淑女也是動不動就會露餡，不像是會督促自己縝密計畫並完美執行的人。

「要是妳幫她準備到沒有半點破綻，我們可就頭痛了。」

「……彼此彼此。」

【thunder storm】已經宣告要與梅普露為敵，雙方在哪些方面準備到何種地步，將會對勝敗造成重大影響。

「說不定決定陣營以後，才發現我們是同伴喔。」

「到時候……就請多多關照了。薇爾貝她……說不定會有點消沉，但這跟技能威力沒有關係。」

「她也會消沉喔……」

「會喔……」

莎莉也覺得她是表現會依當天心情變動的人。從雛田支吾的回答來看，問題在於與技能無關的動作精度會下降等細節上吧。

「真不想遇到她渾身是勁的時候。」

「這樣啊。」

對莎莉而言，就算有公會成員協助，面對雛田和薇爾貝依然吃虧。即使在最佳狀態下，恐怕也很難撂倒這兩個以無處可躲的範圍攻擊見長的對手。玩家有更多比地城魔王更需要謹慎對付的技能，這也是理所當然。

「我們也是有在準備啦，不過你們也有針對我們的技能盡可能調查過一遍了吧？」

「……你們殺成那個樣子，該做的當然是……都做了。」

每次活動都會在戰場中心呼風喚雨的梅普露等人，很容易被官方的精彩鏡頭記錄下來。現在來到第九階的玩家，沒有一個不知道梅普露會突然變成巨大怪物或亮出一大票武器的吧。

「真的是人怕出名豬怕肥呢。」

上次的ＰＶＰ活動能夠成功，一部分是因為善加利用了仍未受到關注的部分，但這次就行不通了。有必要在各種針對性策略中殺出重圍。

「跟梅普露比起來，莎莉妳的技能情報實在太少……」

「那真是太好了，表示我藏得很成功。」

莎莉原本就是憑藉自身迴避能力達到一般不可能達到的領域，對技能依賴度又低，所以才幾乎沒有技能方面的資訊。

「總之就盡力而為，不要留下遺憾嘍。」

「不要留下遺憾……嗎。」

對她們做這麼多的調查，不就是為了不留下遺憾嗎？這麼想的莎莉沒想到她會有這種憂鬱的反應，覺得很不可思議。

「…………」

最後雛田下定決心般點個頭，到莎莉身旁對她耳語。內容使莎莉猛然睜大眼睛，然後眼神嚴肅地注視雛田。

「……真想不到，妳看起來蠻乖的，其實還滿大膽的嘛……是薇爾貝跟妳說過些什麼嗎？」

「那個，是有一點。」

「這樣她不是會消沉嗎？」

「只要能更接近勝利，消沉也沒關係。反正我都把她拉回來好幾次了……如果能幫公會奪得勝利，就能報答【thunder storm】的大家了。」

「這樣啊。」

「希望妳能夠考慮考慮……這件事對你們來說，也不盡然是壞事才對。」

「…………」

「有需要的話，隨時可以傳訊息過來。給我或薇爾貝都可以……」

雛田說完就敬個禮離去了，留下莎莉杵在原地。

「要不要加入她們啊……」

莎莉目前沒有這樣的打算。沒有當場拒絕，或許是因為心中有所震撼。自從第四次活動之後，她就沒打過真正的ＰＶＰ了。

這次活動之後，還會有ＰＶＰ活動嗎？而且必須在大約半年以內。

「……」

現在的莎莉給不出答案。

◆□◆□◆□◆□◆

另一方面，梅普露正在和蜜伊解任務。

蜜伊正好有空，提議幫她快速解完任務，梅普露也感激地接受了她的好意。兩人就這麼以壓倒性火力與防禦力的搭配，如字面般將怪物一一化為焦炭。

伊葛妮絲優秀的移動力，和梅普露獨立無法達成的強大攻擊力，使她能輕易消化剩餘的任務。

當任務解完，兩人便一起回城回報任務。

「輕輕鬆鬆地回來了！」

「跟糖漿比當然快啦。至少比【暴虐】還快吧？」

「應該有喔！」

【暴虐】型態是比梅普露平時快，不過外皮給予的數值不會成長，況且伊葛妮絲又是【ＡＧＩ】本來就高的鳥類，差距只會愈來愈大。

蜜伊讓伊葛妮絲在城門口落地後將牠收回戒指，兩人一起進城。

「妳城鎮看完一圈了沒？」

「還早的咧～這裡這麼大，還有兩個。」

「圍繞整座城的城牆上還有大砲之類的喔。像王城以外也有士兵在做事的地方。」

「大砲可以用嗎？」

「妳是說活動？不曉得耶。那裡有砲彈，裝到大砲裡面說不定可以射喔？」

如果有誰都能用的對空設備，飛行就不是完全安全了。需要考慮有飛行能力的魔寵

機動力夠不夠高，玩家本身是否需要習慣飛行等問題。

「奏會幫我們了解城鎮的樣子，以後我再問他好了。」

「這樣也好。那我們就去看比較感興趣的地方吧？」

「嗯！走走走！」

兩人邊走邊聊，來到回報地點。完成回報後，又有下一階難度的任務列出來。不止怪物應該會變強，任務目的地也從原先幾乎是森林或平地，變成山谷洞穴等會對戰鬥造成限制的地形。

「變難一點了耶。」

「對呀，變難了。」

「啊，對了。那個，妳再來有事嗎？」

梅普露對隨著周圍玩家變多而恢復【炎帝】形象的蜜伊問起接下來的行程。

「不好意思，今天只能陪妳到這了。期待下次組隊的機會。」

「嗯！我也是！」

蜜伊也對笑嘻嘻的梅普露回個大大的微笑，今天就此解散。雖然是臨時組隊，兩人對彼此的能力都有大致上的認識，任務解得非常快。

為了下次有空能再一起解，蜜伊先接完新任務就跟梅普露告別，出去赴她接下來的約了。

「那我要做什麼呢……」

繼續解新任務也好，順剛才話題逛逛城鎮也不錯。

想到最後，梅普露以任務告一段落為由，大幅轉換探索目標。

「嗯，兩邊都要做起來！」

接下來不是簡單看一圈城鎮，而是要認真探索火焰與荒地的國家。

【大楓樹】目前仍將時間花費在探索流水與自然之國上，如果現在到另一邊去作任務的，梅普露就是第一個了。

「今天再給它多玩一下！」

梅普露沒繼續在這接任務，又出了城門。

出城後，梅普露直接坐上糖漿，繼續她悠悠的天空之旅。城郊平地處沒什麼會飛的怪物，旅途十分舒暢。

「從天上看起來……視野好好喔。」

鳥瞰當然占了一部分原因，但視野遼闊主要是因為平地廣闊的關係。

城鎮外就是一大片平地，難攻難守。第四次活動那樣利用偷襲或奇兵，在有利狀況下開戰的戰術，在視野如此遼闊的平地就行不通了。

城鎮前方肯定會有一場數對數的較量，那麼周圍會是什麼狀況呢？梅普露不禁往左右望去。

正前方以外有著各式各樣的地形。除了梅普露攻略過的凍結森林，還有莎莉勘查過，光是踏進去就會減弱能力值的區域，都不容小覷。

「以莎莉的戰法來說……應該離開平地，到那裡去嗎？」

梅普露也開始嘗試用過去活動的傾向來想像怎麼進攻。【大楓樹】裡能在空中自由活動的只有梅普露一個，一定會有些只有她能看見的事物。

「那邊天上有怪物不能飛……那邊就好像很好飛了！」

接著她回顧起其他飛行時需要注意的事。

「……對了，風！」

在第三階地區，她曾遭遇強烈側風把她從糖漿上強制吹落，是個慘痛的教訓。

威脅不只是看得見的東西而已，強風就是最具代表性的一個。

「唔唔唔……反正光看也看不出來，走吧！」

決定騎糖漿積極移動以後，梅普露直接往城鎮飛去。為了幫助莎莉，她想多勘查一點天空。

探索陌生地點時，除非遇到太誇張的事，只要【不屈衛士】和【暴虐】還有剩就不太可能死掉。

雖然有移動能力低這麼一個難處，其他能力卻能在勘查時大幅減輕風險，可說是非常適合拓荒。

將探索天空加入勘查預定表後，梅普露繼續操控糖漿飛向城鎮。

進了城鎮，正要接任務的梅普露忽然停下腳。

「這座城也有蜜伊說的那種大砲嗎？」

儘管這方面應該都一樣，不過畢竟她前不久才決定凡事都要親眼看一看，便決定沿城牆走一遭了。

照蜜伊的說法，牆邊應該會有可以上牆的樓梯才對。

「好像很漫……有看起來那麼漫嗎？」

看著城裡隨處可見的岩漿走著走著，梅普露果真發現了突出牆面的階梯。

「找到了！」

爬上長長階梯到牆頭上後，發現牆頭是一整條通道，兩側有高至梅普露胸前的圍牆，且設有蜜伊所說的大砲。

「牆上有洞……是把砲口伸出去打嗎？」

兩國前方都是無處可躲的大片平地。無論大砲威力如何，占據高處總是優勢。大部分玩家都有遠程攻擊能力，只要利用通道與圍牆的落差，所有人都用魔法或弓箭攻擊，若敵人防禦不夠紮實，還沒接近城鎮就會被打得落花流水。

單純在這裡用槍砲或毒不停攻擊，再加上【蠱毒咒法】的效果，梅普露也能造成甚大災害。

事實上，梅普露的性質就是對上主動攻來的敵人會特別強。

「啊！有砲彈！……可以用嗎？」

梅普露來到砲彈前，發現可以採集，而取得的當然就是砲彈，最多可以拿三個。也就是不能像藥水那樣在道具欄裡放一大堆來連發，但應該可以找幾個人來輪番射擊。

「射一次看看！」

梅普露站到大砲邊使用砲彈，砲彈自動填裝進去，轟隆一聲射向平野。

「喔喔……可是打得中嗎……？」

PVP裡瞄準的對象可是玩家，大砲的瞄準比【機械神】的武器更粗略，梅普露覺得自己的技術恐怕很難擊中敵人。

「先記起來再說吧。伊茲姊或莎莉她們說不定會很厲害。」

大砲有很多座，威力和效果並沒有區別。大家一起轟說不定會是種威脅，但也要當天試試看才知道了。

當調查告一段落準備下去時，梅普露遇上了正好登上城牆的玩家。

「啊！芙蕾德麗卡！」

「嗯？喔～呀呵～梅普露。今天自己逛啊？」

「其他人都在野外的某個地方吧……所以我一個人來探索！」

「這樣啊，很難得這樣遇到妳耶～明明裝備和技能都很顯眼……平常妳都在哪裡探索？」

「嗯……和大家一樣，就只是在野外隨便走啊？」

「【大楓樹】的隨便不能信啦～」

「咦～！才沒有咧～！」

「呵呵呵～難說喔。」

【大楓樹】持有的那堆異類技能讓人很難不懷疑。

「妳也是來這看情況的嗎？」

「對呀，我可是負責蒐集情報跟後援的呢～」

芙蕾德麗卡這麼說之後從牆上往外眺望。

「強化範圍……到那裡而已吧～我們人很多，要是太密集聚在一起，又怕範圍攻擊……」

之前合攻團戰魔王時，芙蕾德麗卡無窮盡的ＭＰ和大量廣域強化技能成了強大的武器。

她本身不像一身堅硬盔甲的前鋒玩家那麼強韌，所以比較想在城牆等安全地點進行

支援。

但牆上有射程問題，而射程會連帶影響陣形，決定據點時必須再三評估損益。她跟突然被丟到戰場中央也能存活的梅普露並不一樣。

「芙蕾德麗卡，妳是這國的人啊？」

「嗯～？現在是這樣啦～最後怎麼選還沒決定。那你們自己是這國的嗎～？」

「現在只有我一個吧？我們現在是分頭探索喔！」

「畢竟【大楓樹】人很少嘛～」

【聖劍集結】玩家人數遠比他們多，同樣散開探索是無疑能獲取更多資訊。

擅長蒐集情報的芙蕾德麗卡也無法同時取得十人份的資訊，人數差距不是這麼簡單就能彌補的。

「最後會怎樣還不知道啦～培因是希望整個公會都去同一邊的樣子。」

「這樣啊。」

「這樣比較容易贏吧？無論如何，我都是聽會長的啦～」

對芙蕾德麗卡而言，選哪一國都無所謂，和培因、多拉古跟絕德同一陣營自然是比較輕鬆。

「有順風車就搭啦～」

「【聖劍集結】實在很強呢……」

「多謝誇獎。話說，我有件事要跟人數雖少但個個都是精銳，每次活動都有好成績的【大楓樹】會長商量一下～」

「怎、怎麼突然這樣？」

「可以移駕到我們基地來談嗎？」

「咦？」

意外的邀請使梅普露頗為訝異，不過沒理由拒絕，便點頭答應隨她同行。

梅普露在芙蕾德麗卡的帶領下走向【聖劍集結】的公會基地，表情顯得有點僵。

「嗯～梅普露，妳怎麼啦？」

「沒事，不用擔心我。只是有點緊張而已……」

梅普露是第一次到其他公會的基地。過去不時會在自家基地招呼說來就來的芙蕾德麗卡或找伊茲有事的其他玩家，沒事找其他公會的她從來沒去過別人的基地。

「沒什麼好緊張的啦～來，拿出【大楓樹】會長的樣子，要有霸氣！」

「咦咦！這、這樣嗎？」

梅普露場試做出想像中的表情，芙蕾德麗卡嗯嗯點頭。

「很好很好。沒有要妳幹什麼，不要想太多～」

就這樣，兩人來到了【聖劍集結】的公會基地門前。不愧是大公會，有四層樓高且

恢弘深邃，的確有頂級公會的氣勢，是足以承受第九階任務的建築規模。

「好大喔～！」

「哼哼～我們的人比【大楓樹】多很多很多，基地當然也會比較大嘍～」

「好厲害喔～！有豪宅的感覺！」

「是吧是吧～」

梅普露興奮的反應讓芙蕾德麗卡頗為自豪時，背後傳來聲音。

「喔，很得意嘛妳。」

「多拉古～你是吃飽太閒喔～？這裡本來就是我的公會啊～」

「是沒錯啦。妳今天……帶了個稀客啊？」

「對呀對呀～碰巧遇到就帶過來了。」

「是因為那個嗎？」

「嗯。雖然他都那麼說，可是不管他的話，他一定會想跟真的強的打。」

「誰教他是個冷靜又熱血的人。」

和芙蕾德麗卡聊幾句梅普露聽不太懂的事之後，多拉古想到站在門口說話不太好，就此打住。

「既然妳要帶她，我就先走啦。」

「嗯，你走吧。」

「梅普露，既然有這個機會，有哪裡好奇的就多看看吧。多少會吸引一些注意就是了。」

難得有其他公會的人來訪，而且還是梅普露，這也是當然的。

「好！」

梅普露活潑答覆後，多拉古擺擺手就消失在公會基地裡。

「我們也進去吧。總之就跟著我走，談完以後妳再自己隨便看吧～」

「好～！」

梅普露就此正式踏入【聖劍集結】的公會基地。

進門後，梅普露在芙蕾德麗卡身邊四處張望。

「同樣是公會基地，設備上不會差太多的啦～基本上就是【大楓樹】整個放大的感覺。」

「就是啊。」

「三、四樓都是玩家自己的房間……所以看一、二樓就好了吧？」

「知道了！」

不管想做什麼，正事談完再說。芙蕾德麗卡走了一會兒，停在一扇門前並敲了敲。

「進去嘍～」

「打、打擾了……」

培因就在房裡，意外的訪客使他有些驚訝，睜大了眼。

「芙蕾德麗卡，妳帶她來是……」

「就是我們之前說的那個啦！最後是交給你決定沒錯～但早點把話說清楚，我做事也比較方便一點嘍～」

「這樣啊……那好吧。梅普露，抱歉突然找妳過來，請隨便坐。」

「好！」

梅普露在沙發坐下，培因和芙蕾德麗卡到桌對面就座。

「我替芙蕾德麗卡的臨時要求向妳道歉，要講的是下個活動的事。」

「活動啊？」

「是啊。因為要選邊對打，每個公會，尤其是大公會，都在謹慎觀察兩邊陣營及選邊的時機。」

莎莉也很注重這件事。選擇哪個陣營，該陣營有哪些公會，對勝率深具影響。

「我們【聖劍集結】當然有在私下拉攏，芙蕾德麗卡講的就是這件事。」

意思就是，【聖劍集結】想邀請【大楓樹】加入同一陣營。

「要我們跟你們一起打啊……」

「【大楓樹】的實力是無庸置疑。敵對會很難纏，合作就很可靠。」

「說是這樣說啦～可是妳其實是希望敵對，把上次輸的贏回來吧～？」

芙蕾德麗卡的話使培因表情尷尬地苦笑。

「當然，這會是一次寶貴的復仇機會。在第四次活動，我們真的被【大楓樹】打得很慘……不過我好歹是【聖劍集結】的會長，最重要的帶領公會贏得勝利。」

看來培因是將公會的勝利放在個人意欲之前，且已經決定所有成員選擇同一陣營，有大型公會領導者的風範。

「我也是很想趁這次打贏莎莉啦～」

「哈哈，聽說妳每天都會跟她約決鬥嘛。」

「那不一樣啦～在正式比賽上贏過她比較有意義吧～？」

「是沒錯。啊，抱歉離題了。我不會要妳現在就作結論，假如妳願意和我們同一陣營，傳個訊息給我就行了。跟公會的人討論討論吧。」

「好！」

「你還是這麼省字耶～沒有其他話要說了嗎～？拜託，人家梅普露難得來我們這玩耶？」

「這、這樣啊？那好吧，說什麼好呢……」

「那我可以問一下嗎？」

「嗯？好，請問。我可以趁這時候想一下。」

「吼～你們都好乾喔～」

「是、是嗎？」

「有嗎？」

「有啦～！」

芙蕾德麗卡照舊成了對話的中心，三人繼續聊下去。

當閒聊告一段落，培因再次提及重點事項。

「請妳務必好好考慮同盟的事。」

「好！我會拿回去討論的！」

「那我們走吧，梅普露。想看什麼地方，我帶妳去～」

「嗯！」

兩人離開不久，換絕德進來了。

「芙蕾德麗卡帶梅普露過來？」

「對啊，已經傳開啦？」

「她鎧甲那麼顯眼……是我們的人告訴我的。所以那件事最後怎樣了，我想先知道。」

「我邀她同盟了。這樣離勝利最近。」

「……真沒想到，你不報仇了嗎？」

「哈哈哈，芙蕾德麗卡也有這樣說……問題是這次戰鬥規模跟以前的ＰＶＰ差太多，雖然我們一直在往靠我們自己也能獲勝的方向準備……但肯定會有一場硬仗要打。為了公會的勝利，現在不是我任性的時候。」

「了解……培因，我們的會長非你莫屬啊。」

「當然，我一定會帶領大家贏得勝利。」

公會的勝利——【聖劍集結】也在為達成此一目標努力籌備。

◆□◆□◆□◆□◆

隔天，梅普露在公會基地思考。

「到底該怎麼辦才好……」

她煩惱的即是【大楓樹】該怎麼打這次活動。

蜜伊說【炎帝之國】打算讓成員選擇各自陣營，【聖劍集結】則是要團結起來邁向勝利。目前【聖劍集結】已經詢問過同盟意願，以【大楓樹】這種個個一騎當千的公會來說，此後很有可能會收到更多邀情。

無論要不要拿出來和公會成員討論，最後下決定的還是會長梅普露吧。

「要在活動以前決定好才行……！」

如此叮囑自己後，梅普露又離開基地作任務。

現在她和其他成員分開，獨自待在火焰與荒地之國，這次也是單獨探索。

「糖漿，麻煩啦！我還需要巡視天空！」

梅普露騎到【巨大化】的糖漿背上，飛向葉片烏黑，如地毯般廣布的森林。

「從天空看不見森林裡耶。」

林中樹木的橫枝比過去探索過的森林還要長，黑得幾乎毫無縫隙。看樣子，森林裡恐怕是黑得像夜晚一樣。

「有地方可以降落嗎……」

任務目的地位在森林中央一帶，可是找不到空間讓牠降落。雖然照一般方式從森林入口走進去也能到，單純從完成任務來看，那只是浪費時間而已。

「降到沒得降再跳也行吧？」

梅普露降低糖漿高度，停在樹梢上面一點點的地方，調整姿勢並收回糖漿。

交通工具消失以後，梅普露當然是直接摔下去，刺進茂密黑葉般入侵森林。

她刷刷刷地穿過枝葉，七葷八素地啪一聲癱在地上。

「呼咿……鑽過來了……嗯～嘿咻！」

梅普露爬起來環視四周，森林裡果然是黑漆漆一片。當然沒有電燈之類的照明，森

林邊緣又相當遠，黑到伸手摸了才知道前面有樹幹。

「【獻身慈愛】！【獵食者】！」

在狹窄的森林裡，【獵食者】比體積太大而難以移動的【機械神】更靈活，且即使梅普露沒發現也會自動攻擊，無疑是首選。為保護【獵食者】並取得照明，她還發動了【獻身慈愛】，一切準備就緒。

發光的地面，照亮了比頭燈還要大的範圍。

這樣至少不會沒發現面前有樹而撞上去了。

「附近好像沒人……試試看吧。」

梅普露叫出藍色面板，將一項裝備換成「失落遺產」。

隨裝備更換，一顆有藍色條紋的黑色方塊浮現在她身邊，跟隨她移動。

「好……放馬過來！」

走了一會兒，本次任務的擊殺對象出現了。

它本身就是影子，是種像史萊姆一樣能自由伸縮改變形體的怪物。軀體一部分化為劍形，往梅普露迅速刺來。

梅普露舉盾抵擋正面刺來的劍，但她似乎沒發現自己被夾攻了，背後也有影子伸來。

憑她自己的反應能力，想跟上它們是還早得很，但【獵食者】就不同了。它們迅速反應，將進入攻擊範圍影劍撕成碎片吞進肚子裡。

「哇！後面也有？……謝謝～完全沒發現！」

梅普露摸摸迅速反應的【獵食者】慰勞它們，然後舉盾注意正面的怪物。只要【暴食】還有剩，怪物從前方攻擊等於自取滅亡。

不僅碰不到梅普露，還有會瞬時吞滅其存在的強烈反擊正等著它。

戰鬥如此持續下去，梅普露靜靜等待著「失落遺產」充滿能源。

「可以了吧？好～【古代兵器】！」

梅普露一說宣告技能，原本都只是飄在旁邊的黑色方塊突然迸散成許多小方塊。

不久，彷彿分裂了的方塊放電似的發出藍光，剎那間，藍光將方塊一個個串連起來，變得像籠子一樣。

藍光射穿其路線之間的怪物，再傳播到其附近的怪物，造成更多傷害。

「好酷喔～！這樣它們就靠不過來了吧！」

想靠近她，就得穿過方塊布展的網狀光束。怪物並不弱，不會電一下就倒下，但接近就得先受傷，對怪物而言是背負著非常不利的劣勢。

再加上穿過光束網還會被蛇怪撕咬，哪裡受得了。

「趁效果還沒結束……【流滲的混沌】！」

梅普露也來替【獵食者】助陣。【古代兵器】似乎對使用者本身無害，她一面用光束防禦網保護自己，一面從網內單方面地傾注長程攻擊。

不是接近不了，就是接近了咬不動。憑這種小嘍囉的能力，是怎麼也無法化解堅若磐石的攻擊與防禦。

「呼～這個技能不先拿出來用的話，沒辦法臨時用……要趁別人沒看見的時候發動才行！」

【古代兵器】除了這次的光束牢籠之外，還有壓制力高的機槍或長距離狙擊型態等變化。

由於它需要特殊來源的能量作為發動條件，又會隨時間而損耗，若不特地使用，恐怕放再久都沒有機會拿出來用。

就算火力不會隨能力值成長而增加，這樣的稀有技能基礎傷害本來就高。只要梅普露能夠確實攻擊，嘍囉怪幾乎都能在能源耗盡之前解決。

因此梅普露這次的攻擊僅止於【獵食者】和【暴食】。

清光附近怪物後，梅普露繼續往森林深處走。這次任務需要掃蕩黑森林的怪物，不是只要打倒十幾二十隻那麼簡單。

「再來要試哪個武器呢？」

梅普露的技能比第四次活動那時多了不少，防禦力又高到怪物攻擊力追不上，只要不停攻擊，怪物就會先行倒下。所以即使過了這麼久，她依然是用第四次活動時使用的那些攻擊技能消化每一場戰鬥。

然而這招對玩家就行不通了。梅普露的弱點，以及她華麗的攻擊技能早已是眾人皆知，甚至無人能比。

因此新取得的技能和裝備，將會是成敗的關鍵。

人總是難以完美應對陌生的事物。為了讓這些會在對手應對失誤時給予嚴重打擊的新技能夠準確命中，她必須先充分了解自己的技能才行。

除了【古代兵器】，還有【反轉重生】的衍生技能。對於過去沒什麼接觸電玩的梅普露而言，即使莎莉教了很多，她的腦容量已瀕臨極限仍是明擺的事實。

「慢慢記起來就對了～！」

儘管如此，她本人也有明確的變化，那就是更積極了。接下來好一段時間裡，黑暗的森林裡不時閃現藍色電光，接著怪物的慘叫聲聲迴盪。

◆□◆□◆□◆□◆

至於留在另一國裡的其他【大楓樹】成員，則已將流水與自然之國的基本資訊蒐集齊全，在討論是否派遣部分成員到鄰國去調查了。

「莎莉主要是調查怪物週邊的事，那我就幫她調查地形吧。」

「好哇。梅普露有留言說那邊任務的感覺跟這裡差不多，所以先調查野外應該比較好。」

「最好是能發現只有我們知道的隱藏區域吧。不管是奇襲還是撤退的情況，那種地方都超強。」

「能找到就太好了。」

「那就要到處探索了吧！」

「我會努力去找……這、這種隱藏區域的。」

「照過去經驗來看，隱藏區域不只是藏起來而已，還會有比較強的怪。推進的時候要特別小心。」

「總之我們全體就分頭探索，有發現的時候，如果自己打不動就找其他人來幫忙，這樣可以吧？」

「應該可以吧。只要我們八個一起上，應該沒有打不動的地方，總之要找到以後才有得打。」

隱藏區域這種東西如果想找就找得到，就不用這麼辛苦了。這需要靈感與觀察力，而最重要的，還是運氣。

「如果發現沒看過的材料，幫我多帶一點回來喔。」

「……到第九階以後，工坊的機具幾乎都是轉個不停……妳都在做什麼啊？」

「不告訴你。等活動快開始了再說。」

「……會是什麼呀？」

「一定會很厲害的啦，姊姊！」

伊茲能製造一般玩家拿不到的道具，在見到實物之前，連克羅姆和霞這樣的頂尖玩家也一點頭緒也沒有。

不過她的產品幾乎沒有不堪用的，期待應該是不會落空。

「我們就一邊解任務，一邊幫莎莉蒐集情報吧！」

克羅姆重申目標，眾人點頭應和。【大楓樹】全體就此懷抱明確目的往野外進發，為活動作準備。

６２３名稱：無名巨劍手

開始有公會在結盟了呢。

６２４名稱：無名長槍手

有的公會已經在放話，有的公會還在藏。要是兩邊人數差太多怎麼辦？

625名稱：無名魔法師
不是人少的有加成，就是一開始就有人數限制吧？

626名稱：無名弓箭手
同盟也只是玩家自己搞的，
比較可能是人數限制吧。

627名稱：無名塔盾手
至少不會是隨機亂分吧。
太多的話可能會抽籤什麼的。

628名稱：無名巨劍手
不管怎樣，都只能踏實準備，擴大自己能應對的範圍而已。
以這次活動的規模和氣氛來看，應該會有時間加速，說不定還會像第四次那樣有死亡限制。

６２９名稱：無名長槍手
很有可能。
不然可以用無限復活的殭屍打法，攻守兩邊都沒完沒了。

６３０名稱：無名弓箭手
大家任務做得怎樣了？

６３１名稱：無名塔盾手
還可以啦。

６３２名稱：無名魔法師
任務隨時都能做，活動是一定時間以後就要開始……
了解地形比較重要吧。

６３３名稱：無名巨劍手
我有遇到一些中了陷阱會很危險的區域。
而且還避不掉，我不想死啊。

634名稱：無名弓箭手
恐怖的區域還滿多的喔～
感覺上是故意設計給玩家當作攻守重點用的。

635名稱：無名魔法師
自古以來，地形都是最強的屏障……

636名稱：無名長槍手
我還看過有光束射來射去的森林呢。

637名稱：無名巨劍手
那什麼鬼森林？

638名稱：無名長槍手
一個葉子都黑色，光線照不進去的地方。
樹林裡面有藍色光束射出來。

６３９名稱：無名弓箭手

之前我去那裡作任務的時候沒看過耶……？

６４０名稱：無名巨劍手

廣大的森林裡不是都有怪物住在裡面嗎？

６４１名稱：無名塔盾手

好像真的有什麼呢……

６４２名稱：無名魔法師

那裡怪物不怎麼強，感覺很適合偷襲，結果跑出一個會射光束的不明生命體，真的會嚇死人。

６４３名稱：無名巨劍手

沒查清楚的話，那裡就不太能用了。

如果長槍手有衝進去火拼，至少能知道那個打多痛。

644名稱：無名長槍手
才不要。
645名稱：無名塔盾手
我比較難死，有空去找找看好了。
至少不會被秒吧。
646名稱：無名弓箭手
要是你都被秒，恐怕只有梅普露才坦得住了。
647名稱：無名巨劍手
如果梅普露無傷，正常坦克會被秒，被大楓樹占住就完蛋了。
648名稱：無名塔盾手
是沒錯。

這裡沒有人知道，可能承受得了的人跟射光束的人，根本就是同一個。

第四章 防禦特化與作戰會議

又過了一段時間，玩家們都完成了不少任務。然而任務線鋪設明確，使大多數玩家能順利推進的同時，非任務地點的探索率卻比以往來得低。

以整個地圖來看，會發現仍有大部分區域缺乏資訊。

這使得正在尋找隱藏區域的克羅姆等人，感到自己距離目標仍十分遙遠。

這時，隨心所欲到處探索的梅普露在城門外開啟了地圖，思考今天要往哪裡走。

莎莉不以任務為先，將時間都投注在了解地形上，克羅姆他們也都在探索，所以梅普露今天也是打算單獨旅行。

一部分是因為公會本來就是要她單獨行動就是了。

「去哪裡好呢～」

雖然是邊解任務邊逛，梅普露來到第九階以後花了很多時間到處飛行，地圖上感興趣的地方全都探索完了。當然，她不敢說自己已經徹底摸透每個點，重新探索不是完全沒用，但她還是寧願把時間花在其他地方。

畢竟探索未知領域的一切都是新發現，絕對不會無功而返。

煩惱該挑哪一個時，背後有人喊她。

「梅普露～！妳怎麼在這裡發呆呀？」

「啊，薇爾貝！今天雛田不在？」

「雛田她去野外勘查了啦！」

「這樣啊，也就是跟莎莉一樣。那妳呢？」

「我很不擅長那種事，主要是升級和幫忙探索缺的部分！」

「哈哈哈，那妳跟我一樣！」

「所以妳才在看地圖是吧！」

「嗯，不曉得要去哪裡才好。薇爾貝妳也要探索嗎？」

「是準備去探索沒錯，妳有比較想去哪裡嗎？」

梅普露老實指出一個候選地點。

「我剛好也要去那裡耶！一起去吧？」

「嗯！好哇！要騎糖漿嗎？」

「呵呵呵，我有更快的方法喔！」

「是喔？嗯～騎妳的魔寵嗎？」

「抱歉，答錯了！」

薇爾貝要做的事得先組隊才有效果，兩人便組隊了。

「開始嘍！【電光飛馳】！」

薇爾貝宣告過後，兩人皮膚上開始有電光竄流。梅普露見過蜜伊的【焰火飛馳】，能猜到這劈哩啪啦的電光有什麼效果。

「妳跑跑看！」

「那我跑嘍？」

「不用怕的啦！」

梅普露全力起跑，移動速度雖一樣不比莎莉、霞或薇爾貝，至少強化到比克羅姆或奏那樣不怎麼重視速度的玩家快了。

「好棒喔～！超快的啦！」

「有了這個，不管是誰都能跑很快喔！」

這樣的確是能比騎糖漿更快抵達目的地。

「直接跑的感覺好新鮮喔！」

「真的難得看妳這樣耶。」

「那我們趕快出發！」

「沒問題！啊，效果快結束的時候要小心喔？突然變慢容易跌倒。」

「知道了！」

在野外奔馳，讓梅普露帶著變成莎莉的感覺，用變快的雙腿跑向目的地。薇爾貝放

慢速度和她並列著跑，沒丟下她。

「看梅普露這樣跑，感覺好奇怪的啦。」

「我想快跑就只能用【暴虐】嘛。自爆是可以快速移動，不過那不算是跑……」

梅普露幾乎不會靠自己的雙腿長途跋涉，基本上不是騎糖漿就是用莎莉準備的交通手段兩種。【機械神】和【暴虐】可說是只限於需要快速移動的戰鬥才會使用。

由於影響速度最大的數值【ＡＧＩ】是零，提升數值的道具或技能又都是相乘效果，無法替梅普露加速。【電光飛馳】和【暴虐】則是因為直接提升【ＡＧＩ】，才能使梅普露加速。

這表示薇爾貝不是只會用衝鋒和雷擊攪亂戰場，也有像【電光飛馳】這樣可以支援隊友的技能。雛田的支援或阻礙都十分顯眼，而現在薇爾貝也多了電系的支援技能。

如果不止能加快速度，還能提升其他能力，無論在一對一還是團體戰，都堪稱是無懈可擊。

「妳還有這種的技能嗎？」

然而梅普露不是莎莉，沒有複雜的思考過程，這樣問是純粹出於好奇心。

「呵呵呵，這我可不能告訴妳。」

「啊！對喔，說得也是。」

「請等到活動開始以後自己體會！」

聽她的口氣，好像是真的還有這類技能，但詳情也得實際見過她使用之後才會揭曉。

「不要只問我，妳自己有沒有？之前我們偶爾會一起打……可是從來沒看過妳用新技能耶？」

梅普露的【暴食】等強力技能是每場戰鬥都會見到，可是用來用去都是那一套。和莎莉談過這件事之後，她的確會去避免使用新招式，但基本上單純是因為她的隊友們都太強了。

例如和蜜伊或薇爾貝組隊，梅普露就不必使用【機械神】。就算她加入攻擊，擊殺時間也不會有多大改變。當攻擊手能力強，梅普露在戰鬥中大多會乖乖回來盡她肉盾的責任。

發動【獻身慈愛】就能了事，根本不需要用上新技能。

「不告訴妳！」

梅普露也明確回答，兩人一起跑向目的地。

「呼～我好像是第一次跑這麼遠耶！」

跑了一段時間後，她們抵達的是矗立著許多高大尖石的荒地。岩石和地面到處是發黑的焦痕，訴說這裡曾有過某種酷烈的攻擊。

梅普露從入口窺探這區域時，空中忽然有一大團光射下來，刺眼光芒照亮四周。
「嚇我一跳……」
「是閃電啦！梅普露妳……不會扣血啊？」
薇爾貝也知道梅普露的防禦力非常高，但那道落雷強到她不敢肯定。
「不曉得耶？我印象裡的雷電都不會穿透……」
實際如何，得試過才知道。現在有【不屈衛士】，能免掉意外死亡。
周圍雜亂無章的石柱中，似乎有一部分有避雷針的效用，探索時有需要找出安全地帶趁隙移動。
當然，這是對一般人而言。
「【獻身慈愛】！」
梅普露施放技能保護薇爾貝，鼓起勇氣直線走進去。不久上空發光，一道雷劈下來，將她的視野抹成一片白。
而那只是一瞬之間。當強光退去，梅普露理所當然似的站在原地，完好如初。
「ＳＡＦＥ！」
「果然厲害！這樣就能輕鬆走了！」
在【獻身慈愛】保護下，薇爾貝當然不會受傷。除非梅普露被擊退得太遠，落雷不會造成任何問題。

「第五階也有一個瘋狂閃電的地方……搞不好這裡還比較誇張喔。」

「連我這個專門用雷電的也比不上這裡呢～」

如果薇爾貝也能打出這麼多同等落雷，真的就無法靠近了。

即使不能，現在能躲過所有攻勢無傷接近她的也只有莎莉，已是能稱作必中的水準。

「要是能這樣連發，我就更上一層樓了。」

「技能提升以後可以嗎？」

「好像沒辦法再往上升了耶……」

薇爾貝以雷電為主體的戰鬥方式已經持續了很久，再加上個人喜好使她打個不停，技能等級當然是早就練到最高了。

任憑落雷打在身上走了一會兒後，這次的目標怪物出現了。

那是個直徑約五十公分，不停劈啪放電的電球。先不論實體如何，電球輕飄飄地穿梭在岩柱間的樣子，遠遠看很像螢火蟲。

「就是它！」

「好～【全武裝啟動】！」

梅普露迅速啟動武器，一鼓作氣朝怪物猛烈射擊。

這個射速射程都非常優質的攻擊，能從怪物的警戒範圍外單方面先制攻擊。

慢一拍才發現有大量砲彈襲來的怪物，移動速度和它輕飄飄的外觀一樣慢，不可能跑出彈幕範圍。

ＨＰ看起來也不高，梅普露相信自己能夠一次解決它，結果砲彈卻直接穿過了劈啪放電的光團，沒有造成任何傷害。

這讓梅普露想起過去遇過好幾次，同樣能無視實體砲彈的怪物。

「嗚嗚～沒效的樣子……」

「那就換我上！雖然雷打雷不強……【雷神再臨】！」

薇爾貝以更甚於怪物的頻率開始放電，怪物也無法忽視似的放出指向性的分岔雷擊。速度和範圍都不遜於梅普露的彈幕，想躲是很困難。

「這種的沒什麼！」

梅普露站在原地就讓射來的電流完全失效，怪物的攻擊一樣是沒有造成任何傷害。不時劈來的超強雷電都沒放在眼裡了，怪物的電流當然不會奏效。

「【落雷原野】！」

薇爾貝發動技能，周圍有更多落雷打下來。那都是薇爾貝的攻擊，怪物不能忽視。

「躲得掉就躲給我看啊！」

畢竟是拿電打使用雷電的怪物，傷害比正常弱了一點，但薇爾貝仍以她壓倒性的威力強行削減其ＨＰ。

和蜜伊組隊也是這樣，只要有能夠暴力輸出的隊友在，梅普露這道牆就是無與倫比的強。

雖然怪物和這地區接連不斷的攻擊密度一點也不含糊，然而打不出傷害就沒有任何意義。

「薇爾貝加油！」

「看我的啦！」

怪物的血量正穩定減少，勝利只是遲早的事。於是梅普露沒有再做多餘的事，看薇爾貝打下去。

兩人邊走邊散布雷電，清空周圍怪物，確定達成任務指定條件後，便離開了這個有特大落雷的區域。

「雖然有石頭當避雷針，還是很吵呢。」

「就是啊，超大聲的……」

不時打下的落雷會輕易蓋過怪物攻擊的聲響，亮光也會遮蔽視線，原本應該是很棘手的區域。

運用安全地帶，或是梅普露的【獻身慈愛】就能長時間待在區域內，不過這種雷聲隆隆的地方實在無法放心說話。

於是兩人來到與這裡相接的岩石地帶，走到雷聲小聲很多的地方以後才找塊石頭坐下來聊。

「這附近好像沒什麼怪物耶。」

「也沒有打雷，可以慢慢聊了。」

大岩石上不會出怪，只要待在這不動，應該不會有怪物打過來。

「今天真的謝謝妳啦！哎呀，妳防禦力真的超強的啦……」

「這可是我的驕傲喔！」

「整個遊戲沒人防禦力比妳高吧。要是真的有，一定早就被人傳爆了！」

這種一開戰就會瞬間曝光的異常，不是瞞得過別人的事。況且現在已經有梅普露這個眾所皆知的案例在，要是有玩家比她更硬，一定會有一堆拿他們做比較的討論。

到第九階都沒有發生這種事，就表示沒有這樣的人。

「聽說妳的防禦力從第一次活動就超誇張……現在是謎上加謎了呢……」

「說到第一次活動……那時候妳還沒開始玩嗎？」

「就是啊！我是剛結束不久才開始的！」

「那跟莎莉差不多嘛！妳也是常玩這種遊戲嗎？」

「雛田玩得比較多啦，這是她找我玩的。」

薇爾貝沒透露太多細節，但看樣子她們倆在現實世界也是朋友。

「那我們一樣耶，我是莎莉找我玩的！不過我沒有妳那麼會玩就是了……」

「我還有很多要學的呢～」

「咦～真的嗎～？」

薇爾貝動作簡練，體術方面甚至不亞於莎莉。戰術上的應對進退，也比梅普露熟練許多。

「雛田也喜歡跟妳一起打電動啊！」

「這次她找我來有不同原因就是了。」

「這樣喔。」

「……先練樣子再去習慣的感覺。」

「？」

見梅普露歪頭表示不解，薇爾貝清咳一聲挺直背脊。

「……怎麼樣？現在看起來是不是淑女多了呢？」

同時雙手輕輕合十，帶一個甜甜的微笑，和先前活蹦亂跳的樣子判若兩人。怎麼看都不像會用拳頭和雷電衝到敵人面前打。

「好厲害喔……完全不一樣了！」

「呼～刻意裝這樣真的很累。」

「我覺得平常那樣很好啊。」

「是嗎？那太好了！可是說真的，我是一定要習慣那樣……因為我就是所謂的大小姐。」

「咦！真的喔！」

如此一來，就能解釋氣質為何差別如此巨大了。雖然還是有哪邊比較自然的問題在，但兩邊都是需要花長時間培養出來的。

「真的呀～所以雛田問我要不要到遊戲裡來練習！」

在遊戲裡，不僅每個人都不認識她，氣質和語氣變來變去也不會影響到現實生活，非常適合練習。

然而長年養成的習慣不是那麼容易改變，就連認識不久的梅普露都知道，她練習的成果還不是那麼收放自如。

薇爾貝和梅普露就這麼繼續閒聊下去。

「梅普露，妳經常打電動嗎？」

「沒有啊，很少。這是我第一次玩這麼久。」

「這樣還直接當公會會長喔！這就是所謂的資質嗎？」

「才沒有咧～公會的作戰計畫都是莎莉訂的，大家也有幫忙想。」

「有向心力就很不錯了啦！……嗯～所以【大楓樹】要全部選同一邊嗎？」

「嗯……蜜伊跟培因有跟我聊過這件事，算是還在想吧？」

「那陣營也還沒決定嘍？」

「嗯，沒錯。」

「這次我想跟你們選不同邊的啦～」

她的想法還是跟第八階時一樣，想必會是難纏的敵手。

「唔唔唔，那我瞞到最後一刻，故意跟妳選同一邊比較好吧……」

【thunder storm】實力強勁是有目共睹，能聯手當然是比敵對強。

「不錯喔！莎莉教導有方？」

「她是沒有特別跟我說什麼啦，只是參考她而已……好歹我看她弄了很多東西。」

也就是她從莎莉身上吸收了不少。儘管動作學不來，想法還是能夠效仿。

「那妳是打算全公會同一邊？」

「我是想給大家自己選啦！可是我當然會配合雛田的啦！」

如同薇爾貝想和梅普露對戰，【thunder storm】裡想和薇爾貝等強者對戰的玩家應該不是沒有。

薇爾貝是出於尊重，才打算讓成員隨意選擇。

「大公會裡聲音比較多也是正常的呢。」

「就是啊！……當然，妳也不可以太隨便喔？」

「說得也是。」

梅普露是【大楓樹】的會長，成員雖少，一樣不能輕忽。儘管不比大公會，想法與在活動裡扮演的角色都需要磨合。

「真是快讓人等不及了呢！」

「嗯～跟我一國吧～」

「我要跟妳不同國～」

現在只能祈禱對方做出自己期許的決定，距離最後選擇還有很長一段時間。

◆□◆□◆□◆□◆

在第九階野外巡了一陣子，梅普露等人對各地地形的強弱都有了一定的認識。

累積了一定分量的資訊後，八人聚集在公會基地作中途報告。

他們在大桌中央攤開第九階地圖，讓大家都看得見，接著圍成一圈填上資訊。

「喔喔，整理起來以後好壯觀喔。」

莎莉所蒐集的怪物資訊太過詳細，無法全部提供，只把地形、隱蔽處、有何特效等資訊寫上去，但已經比原本的地圖詳細太多了。

「其他資料上，有我記錄的採集點和莎莉的怪物資訊。」

「有空就多看看喔。不只比網路上的更詳細，還有盡可能配合我們【大楓樹】補充處理方法。」

「太棒了，能事先知道怎麼處理就會輕鬆很多。」

「就是啊，總之我會先全部看完。既然我很會記東西，能多一個人能幫忙講解也比較好。」

憑奏的記憶力，不用一天就能記住所有資訊。說不定今天解散以前就全部背完了。

儘管資料整理得簡單明瞭，戰鬥中總不能動不動就拿出來看，所以能記的就該先記起來。

「再說有結衣和麻衣在的解法，大多只有一行而已。」

「說得也是。」

一句「上去揍」就沒了。至於其他狀況，像梅普露遇見的電光團也只是附加元素傷害去打。

打中就贏。這個適用於部分魔王，只屬於她們的規則，可以將戰鬥中需要考慮的種種全部省略。型態或行為模式的變化在她們面前消失也是常有的事。

「我們就有必要仔細看了。」

「就是啊。總不能被小怪一拳打死。」

除非拿大招出來用，不然基本上都是互相削血。尤其是攻擊方式棘手的怪物，需要特別謹慎。

討論到一半，所有人同時接到訊息。
「啊，下次活動的公告來了！」
「我看看……細節有補上來了。」
對於這個已經預告過的第十次活動，大家都是只知概略不知詳情，如今總算有進一步公告了。
所有人都點開公告查看內容。
「玩家需選擇歸屬國，分為兩陣營對抗。看來是活動開始前在哪國就是哪國了。還沒到第九階的人，也能在活動開始時作選擇。沒選的人，會自動分去少的那邊。」
「了解了解。」
「然後地形跟怪物都跟原本一樣，算是不出所料吧。喔，這條有意思了。」
「玩家不會受到己方陣營的怪物攻擊啊。而且城裡有賣可以暫時控制怪物的道具。會像是魔寵那樣嗎？」
這是意料之外的事。能參與防禦的若不僅是玩家，表示人手增加，將更難進攻。且就算時效結束了也只是不聽指揮，對己方沒有損害，非常可靠。
帶到戰場上來，能有效吸引對方玩家的注意。
「看樣子也不是什麼都能抓，但還是要注意這一塊。」
怪物部分還有下文。由於這是所有玩家都能參加的活動，屆時會降低部分怪物能力。另外，等級過高的玩家進入某些區域時，能力會受到限制。不同等級的玩家，能在不同戰場上提供貢獻。

「能找適合自己的地方打，滿不錯的嘛。要是我再多升幾級就要被扣了。」

「要是連奏跟結衣和麻衣都不行，那上了第九階的人都不行了吧。」

如莎莉所說，雖然他們都有超出等級的特異戰鬥能力，來到第九階時也已經升了不少級。

會對他們三人造成等級限制的地方，應該是提供給等級真的較低的玩家。

再來就是怪物會定期向對方陣營發動總攻擊。

配合怪物進攻，想必是玩家的基本策略。

「還有說城裡ＮＰＣ也會幫忙守城喔！」

「喔喔～這樣防禦力真的是堅若磐石吧。是ＮＰＣ會用大砲之類的嗎？」

「可是他們的戰力這些數字的部分都還是未知數，還是要先靠自己再說。」

「啊～這樣說也對啦。」

莎莉說得很有道理。ＮＰＣ充其量只是協助，想也知道不會光靠他們就守得住城。

「活動時間為時間加速下的三天，或是碰到敵陣王座為止……」

梅普露看到這裡點了點頭。攻城成功會讓活動提早結束，在某些情況下還能將希望放在一舉逆轉上。

另外，當雙方都無法觸擊對方王座時，以出局玩家少的一方獲勝。

有必要深度強化防線來阻止對方入侵了。若阻止不了梅普露、培因、蜜伊或薇爾貝等個人能力強的玩家拚死突破，後果不堪設想。

不過，下一句條文卻狠狠地抑制了這種打法。

「死一次就出局啊……太嚴格了吧。」

「反過來說就是每個擊殺數都很有價值啊。可以確實削減對方戰力。」

死了就結束了，會讓人很難用死亡當籌碼來猛攻。如何維持砲火最猛烈的前線將非常重要。

單方面不停死人，將因人數差距導致下一場潰敗。

當然，雙方都有機會藉成功突襲王城一舉逆轉，成功推進戰線也不能掉以輕心。

「喔喔？還有一條重要的，都看一下。」

聽克羅姆這麼說，梅普露立刻捲動公告查看他在說哪條，而莎莉先一步意會克羅姆的意思，替她唸出來：

「是說同陣營的玩家和怪物，只要距離夠近就視為同一隊伍這條嗎？」

「沒錯沒錯。這樣梅普露不就……」

「都會吃到【獻身慈愛】呢……」

「就是啊～」

在場所有人都明白那會有多強勢。原本此技能只適用於隊員，屆時範圍愈大，能實際擁有其防禦力的玩家就愈多。

這會讓維持戰線變得非常容易，愈了解梅普露技能的玩家也會愈有益。現在不需解釋就知道梅普露變成天使會發生什麼事的玩家相當地多。

「我會好好努力，幫大家打勝仗的！」

「喔，要加油喔。可是話說回來……那個，我們都在一起討論，所以最後是要選同一邊嗎？」

「對喔，這部分還沒特別討論過。」

「是啊～理所當然就覺得是同一邊了。」

「梅普露，我們要怎麼選？」

「我……也想先問清楚。」

「就是啊。計畫之前要先確定這個才行。」

「對喔，說得也是。嗯……我想跟大家一起打耶。」

大家也都猜到梅普露會這樣說，紛紛點起頭。【大楓樹】的選邊方針可說是就此底定了。

「莎莉也ＯＫ嗎？」

「我？……嗯，妳好我就好。」

「那【大楓樹】就全部選同一邊喔！」

方向確立後就能進入下一階段，討論是否與【聖劍集結】合作，選哪個國家等，為活動作更具體的準備。

「那也先把比較細的戰術定下來吧。像威脅程度高卻又很容易死的麻衣跟結衣，肯定會被人瘋狂打點。」

「這、這樣啊？」

「嗚嗚……我們撐得住嗎？」

「所以妳們需要重點防禦了。不只是我們，其他玩家也會來保護妳們吧。很多人有看到妳們在上次活動跟團征魔王打得有來有往的樣子。」

無論敵我，都肯定會將她們視為最高戰力。

時間不多了。梅普露幾個依然是竭盡所能為活動作準備。

隨著活動細節明朗，玩家們的動向也出現變化。有必要善加了解怪物與地形，使得在野外走動的玩家更多了，作任務的玩家因此減少。

當活動日期確定，需要把握時間準備，活動結束後也能繼續做的任務不再緊迫，優先度也就降低了。

這也使得城鎮裡的玩家明顯減少。為了把陣營選擇保留到最後，玩家們都是公會總動員地去探索資訊少的區域，盡可能減少遺漏。

然而梅普露的原則打從上了第九階就沒變過，今天也是自由探索。

這次她來到了王城，但不是作任務。

「無論攻守，這裡都是重點，要先看一看才行！」

目前也沒有需要到王城裡的任務，如果不主動來看，會只有一開始那一次。梅普露也知道，不管是城鎮還是城堡，在這次活動裡都會是戰鬥區域。事先掌握路怎麼走，空間大小和死路位置都很重要。

單純想在城堡裡走走也是事實。

兩國城鎮和城堡的構造都一樣，探索其中一邊就行了。

梅普露一樣還留在火焰與荒地之國，在主體為黑色的城堡裡漫步。

「好～大喔！說這是地城也可以了……」

事實上，為活動設計的王城岔路與樓梯錯綜複雜，和地城一樣容易迷路，而王座廳即位在最深處。可以想見，攻方會在守方的圍剿下往王座廳移動，必須記住最短路線，避免迷路而被守方圍剿，導致全滅。

當初士兵帶路時，走的就是最短路線，因此梅普露再次請士兵帶路，記住之後才開始在城堡裡亂逛。

「這是哪裡？打擾了……」

開門一看，原來是廚房，好幾個戴廚師帽的ＮＰＣ正在做菜。

「可、可以進嗎……？」

遊戲畢竟是遊戲，廚師們對梅普露的出現沒有反應，繼續做他們的菜。

繼續查看廚房裡有些什麼時，眼前跳出了藍色面板。

「哇！呃……是喔。給他們材料，可以拿到能補血或提升能力的餐點。」

看來有用的房間都個別說明，這樣就不怕看不懂了。

進了房間，梅普露來到箭頭指示處試著領取餐點。廚房一角浮現藍色面板，操縱它就行。

梅普露選一個以手上多餘的材料可以做的餐點，讓廚房做好便將餐點帶走。

「拿出來看一下好了？」

梅普露從道具欄取出剛領的餐。那是一個烤得焦香的大塊帶骨肉。

「喔喔～！好大喔！」

效果是提升所有能力值，雖然對梅普露而言只會提升【ＶＩＴ】，卻也是只需提供怪獸肉塊就能取得的簡單料理。

梅普露將那外表狂野的肉收回道具欄，期待有朝一日大快朵頤，繼續探索王城。

「這邊的國王好像會吃這種肉耶……畢竟是龍嘛。」

繼續在城堡裡尋訪一會兒後，她發現內容比想像中豐富不少。不止房間個個獨立，還有許多伊茲可以用來當據點的工坊，以及存放砲彈與武器的倉庫和糧倉。

其中也包含公告出現過的東西。

「啊！就是它！『瑪納團』……用什麼做成的啊？」

房裡存放著圓滾滾的藍色球狀物，說明文表示，活動時可以限時操控部分怪物。

「一人只能存十個，用完就要再來拿了！」

莎莉分享的資訊中，提到城裡零星散布的倉庫裡也有這種東西。需要時從那裡補充即可，不用跑到王城來。

總之現在知道的是，野外、城下鎮和王城內都有補充物資的地點，即使活動範圍因戰線後退而縮小，也能維持最底限的補給。

即使變成籠城戰，只要還有伊茲或馬克斯這類能藉設置陣地提供強力後援的玩家在，說不定有機會將敵人全部打回去，恢復對等局面。等敵人自投羅網，就是這麼強大。

三天時間並不算長，若事先在道具欄內儲存足夠資材，即可以有效避免道具耗盡的情況。

然而梅普露自己並沒有想那麼多，接下來做的就只是將其所見回報給公會成員。

只要把情報帶回去，更慣於遊戲的莎莉等人就會整理起來，擬出作戰策略。

「其他還有什麼呢～」

梅普露又推開一扇大門窺探，裡面是一排排塞滿書的書架，直到房間的盡頭。盡頭處有道階梯，看來還有二樓。

「哇……奏會把這裡的書全部看完嗎？」

就算梅普露想看，全部看完少說也要花上好幾年。

這座書庫就是如此地大。梅普露踮起腳也搆不到最頂層的書架，擺滿了兩層樓空間的大量藏書。

平時她大多只會拿一本起來翻翻就走，但奏在第八階教古代文字時，說過有機會可以多上圖書館看看，便決定走進去了。

「不知道有沒有好玩的書。」

從中央走，兩旁是一排排由書架隔成的橫向通道，梅普露左右掃視著往裡頭走，所見之處盡是看起來頗為艱深的厚重書籍。

「一本就要看很久的樣子……」

若非有明確差別，在梅普露眼裡它們全都長得一個樣。再走一段，忽然有種濕黏的感覺刷過全身。

「？」

梅普露擦擦臉，沒有發現沾到任何東西。回頭查看，也同樣都是來時夾在書櫃中間的走道。

「神經過敏？」

那種感覺十分明確，梅普露不太能接受，然而周圍真的沒有可疑的東西，只好下此結論。

「裡面看一圈就回去吧！咦？」

梅普露轉回前方，發現中央走道盡頭的牆腳處還有往下的階梯。

沒另外裝飾，像是直接往地板下挖出來的那麼粗糙，和之前整齊的書庫很不搭調。

「原來有三層啊！唔，真的好大喔……改天要請奏來看了！」

梅普露決定看完這裡再上二樓後，往下走去。

下了樓梯，只見牆上沒有燈光，樓梯也是石頭堆成，氛圍真的和樓上整齊的書庫不太一樣。

「小心不要跌倒……呃，把燈拿出來好了……」

梅普露取出並啟動請伊茲做的燈。這球狀的燈啟動之後會自動浮在身邊照亮四周，非常方便。不像提燈會占用一隻手，也是一大優點。

牆壁和石階一樣，鑿得很粗糙。要是突然掉進這裡來，八成會以為是地城。

不過這裡實際上仍是王城範圍，沒有怪物出沒。除梅普露的腳步聲外，一絲聲響也沒有。

走著走著，燈光照出了一扇門。

「沒其他東西了嗎？」

開門前，梅普露先查看四周狀況。沒有其他通道，也沒有值得注意的事物，看來只能開門了。於是她抓住門把慢慢扭動，門隨之開啟。

裡面似乎很久沒人進來過，開門時的些許氣流揚起不少灰塵，被燈光照得清清楚楚。

「這裡已經沒在用了嗎？」

看樣子這裡曾經和一樓一樣當書庫使用，擺了些書櫃，裡頭剩下幾本像是沒搬上去的書。

梅普露決定逛一圈再回去，走進老書庫裡。

「會有什麼呢……嗯……都是怪怪的書。」

每座書架都有空格，不是完全塞滿。有的書倒了下來，不拿出來也能看見封面。封面上眼睛的浮雕精緻到像是真的，有的似乎還會脈動，有的沾上暗紅汙漬，保存狀況看起來不太好。共通點是外觀都不太舒服，勾不起梅普露的興趣。

「上面的書漂亮多了，要看就看那邊吧。」

這裡的書有不少連書名都沒有，連內容都沒概念就更不會想拿起來看了。

於是梅普露照原訂計畫繞行一圈，正要回去時，原本只有腳步聲的空間出現了別種聲響。

來自梅普露背後。正確說來，是耳邊。

「……喂，快點過來。」

「哇！誰、誰啊！」

沙啞的男性聲音嚇得梅普露倉皇轉身，只見到一片黑暗，什麼也沒有。還以為有人站在背後，然而就算他比莎莉還快，也不太可能跑出視線範圍。

聲音很陌生，應該不是朋友惡作劇，周圍也找不到可能的人物。

梅普露怎麼想都不認為是自己聽錯，開始在書庫裡尋找聲音的真面目。

「這邊這邊。」

「哇！又來了……！」

冷不防的說話聲固然嚇人，但目前沒有危害，她便跟從聲音這唯一的線索，走向其指示的位置。

那裡不是書櫃，而是高至梅普露胸前的台子。台上只擺了一本書，纏滿寫上紅字的繃帶，不讓人閱讀。

「拆開就行了。」

「這本？……吼～每次都丟下一句話就不見了……」

梅普露的問題沒有得到任何回答，只能直接照辦。

「拆掉就行了嗎？」

梅普露拿起書，取下纏住書的繃帶。突然間書本迸發強風，常伴隨魔法陣發生的紅色特效一口氣遍布整個房間。

被強風吹翻的梅普露覺得事情不妙，趕緊爬過去闔上書本，用繃帶包起來。

不知是不是做對了，狂風戛然而止，書庫恢復寂靜。

「嚇死我了……剛那是怎樣啊？」

「得救了。讓我暫時借用妳的魔力。」

「哇哇！吼～誰啦！」

依然糾纏的聲音使梅普露四處張望，但仍舊沒有別人的影子。

當梅普露為單方面對她說話的聲音傷腦筋時，背後的門碰一聲掀開了。

「哇！……國、國王？」

見到的是一開始在王座廳見過的龍人國王。

她走近梅普露，盯著她的臉看。

「妳是怎麼進來的？」

「呃，下樓梯就進來啦……」

「被這裡的東西當成同類，召喚進來的嗎……哼……」

王捏著梅普露的雙頰拉了拉。

「就、就嫌抹啊妳！」（註：梅普露口齒不清地說：「做、做什麼啊妳！」）

「居然被禁書當成同類……妳真的是人類嗎？撕開以後會不會有什麼怪東西跑出來呢？」

王一放手，梅普露就急忙後退幾步。

「不會啦！」

其實她身上寄宿著很多東西，跑什麼出來都不奇怪，比路邊一般怪物還像怪物，但分類上終究是人類吧。

「不管妳是什麼，和那種東西共生只會被它吃乾抹淨而已。算是妳擅闖禁地的懲罰吧。」

說完，國王在胸前合掌並慢慢分開，中間爆出暗紅色的閃光，空中出現一面能映出梅普露全身的大鏡子，像是要她照一照。

於是梅普露走上前去，見到鏡中的自己而睜大眼睛。

「這、這什麼東西！」

「自己想想辦法，不然就要被住進妳體內的東西吸乾了！」

她臉上多了彩妝一樣，從脖子到半張臉頰都覆上了黑漆漆的條紋。怎麼擦也擦不掉，真的有侵蝕身體的感覺。

困惑之餘，一個新任務無視於她的感受，強制開始了。

「『禁忌之主』……唔唔，沒聽說過……」

這任務名稱從未在莎莉或蜜伊的對話出現過，讓梅普露完全不曉得該怎麼做。

「憑妳現在的身體，不管是魔法還是什麼都會出問題吧！死了我再幫妳撿骨。讓妳散布那種東西就糟了。」

「咦咦！」

梅普露查看技能，發現包含裝備在內的全部技能都不能用了。被動技能仍有效果，其自豪的防禦力不受影響，但這樣也只是個超硬雕像罷了。

從王的口氣來看，這狀態恐怕要持續到任務結束才會復原。眼看活動在即，實在教人頭痛。

「趕時間啊！」

梅普露衝出王城，要趕快解掉這個任務。

835名稱：無名巨劍手

糟啦！你們家女兒學壞啦！

836名稱：無名弓箭手
應該是趕流行吧。

837名稱：無名長槍手
誰？

838名稱：無名巨劍手
梅普露。

839名稱：無名長槍手
啊……

840名稱：無名魔法師
學壞了？只是外表變那樣，精神面上沒有變吧？

841名稱：無名巨劍手
我在城裡路上看到她，有半張臉都像是染黑了一樣。

８４２名稱：無名長槍手
哪個技能的副作用嗎？
嫌疑名單很長呢……

８４３名稱：無名弓箭手
說不定是化妝啊！

８４４名稱：無名魔法師
她是有點審美異於常人的感覺啦，但這方向未免太歪了。

８４５名稱：無名塔盾手
喔喔～她又搞事啦？

８４６名稱：無名巨劍手
家長出來面對～
都是你沒在顧，害小孩學壞了。

847名稱：無名塔盾手
這是有討論過的耶。
說讓她自由行動對發育最好。

848名稱：無名弓箭手
拜託立刻轉換教育方針！
拜託拜託！

849名稱：無名長槍手
唉唉唉，人皮都掉下來了。
都是你的錯。

850名稱：無名塔盾手
這不是很棒嗎？

851名稱：無名魔法師

瘋狂科學家是你？

８５２名稱：無名塔盾手

說真的，我沒問那是什麼東西，搞不好真的是化妝喔。

８５３名稱：無名長槍手

的確不是不可能。

臉彩之類的商店裡多得是。

８５４名稱：無名塔盾手

就我聽說的，感覺不是那麼單純喔。

要畫的話也會畫……更可愛一點的吧。

８５５名稱：無名長槍手

那結論出來了。

唉唉唉，人皮都掉下來了。

都是你的錯～！

856名稱：無名巨劍手
疼愛孩子就別讓她去旅行！

857名稱：無名弓箭手
可是我從來沒看過會永久改變外觀的技能，說不定真的不是喔。

858名稱：無名塔盾手
活動就快到了，歡迎親身體驗。

859名稱：無名巨劍手
拜託讓我親眼見證就好。

860名稱：無名魔法師
黑色總是給人不太好的聯想喔～

861名稱：無名長槍手

到處閒晃就會變強，有夠低耗的啦。

861名稱：無名弓箭手
然而適合梅普露用的技能範圍很小，就算是好技能，說不定最後還是白搭。

863名稱：無名魔法師
提升幾％那種就沒用了。

864名稱：無名巨劍手
我們都～～～～是這麼說啦，可是她有哪次不突變的？

865名稱：無名魔法師
饒了我們吧～拜託～

866名稱：無名弓箭手
各位！讓我們全部！加入梅普露陣營！

和她一國，就沒有什麼好擔心的了。再加上活動時強化效果能賦予更多人，倘若新技能也是這類就棒呆了。

板眾就這麼重振決心，將消息帶回各自公會。

第五章　防禦特化與總動員

雖然搞得人心惶惶，但梅普露本人卻是手忙腳亂地跑去找伊茲。

強制開始的任務當然是關於封印在那本書中，入侵了她體內的東西，而這東西的影響實在非常可怕。

它無時無刻都在吸收梅普露的ＭＰ，使得ＭＰ永遠掛零。凡是需要透過宣告使用的技能，就連裝備上的也不能用了。

這樣子，需要用【甦醒】呼叫的魔寵也叫不出來。

目前梅普露擁有的攻擊技能，只有會自動觸發而躲過限制的【暴食】而已。其實這遊戲裡，不宣告也會自動觸發的攻擊基本上並不存在。

「伊茲姊～！」

梅普露衝進基地就大聲求救，驚動照常待在工坊裡的伊茲出來查看。

「什麼事這麼慌張？……哎呀，妳的臉……」

她的臉染黑了一半，顯然是出事了。伊茲也立刻察覺不對勁，問她需要什麼幫助。

「來找我是跟道具有關？只是解除異常狀態的話，我這多得是。」

有。

伊茲製作道具的速度比戰鬥消耗或販賣來得快，使她的道具欄裡各種道具應有盡有。

「不拿也沒關係啦，總之……呃，可以幫我看一下嗎？」

梅普露將當前任務進度秀給伊茲看。

「要消耗裝備啊……沒看過這種任務耶。跟交貨的任務不一樣嗎？」

「這裡有一個顏色不一樣的格子，好像放進去就可以了。」

梅普露開啟道具欄，給伊茲看那個格子。畫面如她所言，道具欄下方多了個黑色方框圍起的部分，說明文表示在此投入道具會提升任務進度。

「那我給妳一個試試看。我有很多沒在用的裝備。」

伊茲的道具欄裡有一大堆自製裝備。包括設計不太理想的、能力比前線需求低了太多階而沒機會見天日的早期作品，也有純為參考而買的商店貨，多得是送人也無所謂的裝備。

收下裝備放進道具欄的指定欄位後，跳出了詢問是否吸收的確認介面。

「吸收……」

「就給它吸收吧？」

梅普露點一下面板，來自伊茲的裝備便從欄中完全消滅，任務進度獲得些許提升。

「看來就是要這樣沒錯了，只是……這樣有1％嗎？」

任務名稱底下附有供玩家輕易辨識的黃色進度條，進度少得會讓人以為是錯覺。

「好裝備會給多一點嗎？」

伊茲又取出裝備，給梅普露繼續測試。

結果料得沒錯，附有技能或經過【鍛造】技能提升等品質較好的裝備，提供了更多進度。

「都說是吸收了嘛，當然是吸收營養一點的比較好哇。」

伊茲說完又繼續在道具欄裡翻找好裝備。

「可是……這樣好嗎？會直接不見耶……」

「沒關係啦，那些本來就是沒在用的東西。再說妳自己來處理這個的話會很辛苦吧？」

照一開始的進度來看，商店貨不曉得要買多少才湊得滿。

有伊茲奧援的確是再好不過。

「現在我沒ＭＰ沒技能，想去地城找裝備都沒辦法，苦惱得要死。只有防禦力沒變就是了。」

「這樣啊？那更應該盡快解決了呢。但就算沒有這樣，我還是會幫到底的啦。」

「真的嗎？」

「那當然呀，有機會在活動前多一個技能耶。妳變得更強，對我們也有幫助。」

「好！」

梅普露可能取得的不明技能，值得伊茲用上百個陳年裝備來投資。比起丟在角落裡生灰塵，最後兵器的新技能重要得多了。

「那就這樣啦，要多少都隨便妳拿！」

「謝謝伊茲姊！」

梅普露就這麼不停吸收伊茲從道具欄拿出來的裝備。

「話說這個吸收，是吸收到哪裡去啊？」

「好像有一個怪怪的東西跑進我身體裡……應該就是它在吃吧！」

「妳、妳真的沒事？」

若真的是梅普露說的「吃」，那這東西比專吃怪物的梅普露還要偏食。

「妳說它跑進你身體裡，那除了技能不能用以外都沒事嗎？」

「除了那之外都沒事喔！」

仔細想想，身體被不明物體入侵實在是件恐怖的事，但梅普露並沒有伊茲想像中那麼擔心。

「那就好，就給妳直接吸收到任務完成吧。」

「好！」

既然要做完就不要多等，直接衝到最後就對了。完成後得到的東西，可能會直接影響到活動戰略。若真是技能，梅普露也需要練習，必須幫她爭取一段時間來熟悉。

於是現在有空的伊茲便決定見證任務結束時會發生什麼事。

而伊茲說多得是真的不是瞎說，無處可用卻遠比商店貨強的強力裝備取之不盡般不斷搬出來。

不過入侵梅普露的東西食量也不輸給她，來什麼吃什麼，最後也吞了破百樣裝備。幸好那不是沒有吃飽的一刻，進度總算來到了１００％。

「真的需要好多好多喔，都嚇到我了呢。」

「不好意思……」

「平時妳們也給我很多材料，有困難本來就要互相幫助的啦。」

吸收完最後一個裝備後，梅普露面前跳出任務完成的介面，推進至下一段任務。

「咦咦！」

「還有後續是吧。」

兩人一起查看新任務還需要做些什麼，結果竟然是對現在的梅普露而言很困難的單殺怪物。

「單殺的話，我就不能過去幫妳了呢……」

第一段任務原本很花時間，是因為有伊茲在才能以堪稱最快的速度推進。對一般玩家而言，新一段任務或許會輕鬆很多，但梅普露和他們不一樣。

憑她的體質，連揮動武器打出傷害這種基本的戰鬥方式都做不到。

目標是第一階那種完全沒防禦力可言的怪物就算了，現在第九階的怪物基礎防禦力都提升到了一定水準，恐怕戳一百刀也打不出一點傷害。

「不能叫糖漿……【暴虐】又不能用……」

「雖然妳之前那樣還能攻擊很不正常，變成這樣實在很傷腦筋呢。」

過去是有過技能遭封禁的時候，主動技全部無法使用還是前所未聞。伊茲也曾聽魔法師抱怨會封禁魔法的區域，但不曾誇張到連其他技能都封。

「總之我先拿點道具給妳。放心吧，我戰鬥都是靠這個喔？」

伊茲這次拿出的是包括炸彈在內的各種攻擊道具。

全都具有會讓人懷疑伊茲當起攻擊手的驚人威力。

如此一來就算本身攻擊力差勁也能打殺怪了。當然效果比起角色能力會強化道具的伊茲是差了一截，而這部分能用她驕傲的防禦力換取時間，以打出更多道具來解決。

「呵呵，期待妳拿到好技能喔！看樣子妳那任務還長得很呢。」

「謝謝！我一定把它做完！」

「很好，就是憑這股勁！」

伊茲提醒梅普露隨時可以回來補充道具，望著她跑出基地，在心中給予祝福。

梅普露出城走向野外。沒有糖漿可騎，也沒有【暴虐】能用，要走上大半天也是沒辦法的事。她的目標是有怪物大量棲息的平地，有幾處怪物密度特別高，是賺經驗值的熱門地點。

據莎莉調查，那裡沒有特別強大的怪物，主要是動作敏捷的動物型，沒有穿透攻擊。

這點對梅普露來說非常重要。現在不能用【抵禦穿透】，也沒有技能可以反擊，無法與能無視她超高防禦力的對手戰鬥。

這裡還有其他玩家在練等級，不乏有人見到她路過而覺得難得，或為她今天竟然是人形而訝異。很快地，他們也都注意到梅普露身上的變化，不禁傻眼。

「你看她臉上……對不對？」

「之前都是眼睛頭髮變色而已……那個像詛咒的是什麼東西？」

那令人一眼就覺得很不妙的斑紋引來眾玩家的側目，然而他們想像中的恐怖現象一個也沒發生。不久，梅普露找了個玩家稀少的邊緣位置，在眾人遠觀中偷偷打開道具欄。

「這個，然後這個……」

她先拿出裝有粉紅色液體的小藥瓶，開蓋灑向周圍。

附近怪物頓時進入戰鬥狀態，往她撲過去。

「哇！超有效的啦！」

這是伊茲做的引怪道具。和第八次活動一樣，若主動找怪太花時間，不如讓怪物自己過來。這裡有很多熊或狼等大型怪物，撲上來根本站不住，當場倒地。不過資料沒錯，牠們不帶穿透效果的攻擊完全無法打傷梅普露。

「再來是這個！」

梅普露在亂糟糟的怪物群中最後取出的道具是一口大甕。有這麼多怪物在肆虐，甕當然很快就破了，而這正是她要的。

裝在甕裡的東西隨破裂猛然溢流而出。

這些滑不溜丟，用來提升道具效果的液體，就只是油而已。

當一切準備就緒，梅普露將取出以後就抓在手裡的水晶雙雙捏破，發動效果。

左手的火將油一口氣燒成大片火海，右手的電以蛛網路線四處奔竄。

先前引來的怪獸即使扣血也依然試圖打倒梅普露，梅普露卻氣定神閒地就地躺下，等他們死光。

遠觀的玩家看不清那些火焰和電光是道具所造成，全都議論紛紛起來。

「喂，她又搞事了！」

「太狂了吧……」

「這畫面跟毒海有得拚啊……」

很幸運地，其他玩家不了解梅普露的現況，都將這現象跟她臉上的黑紋聯想在一起，當成新技能了。

梅普露拿到什麼技能都不奇怪，本來就是玩家們的共識。且這次地形本來就是與火焰和雷電有關，再加上這時期玩家對新技能比較敏感，助長了這樣的臆測。

「好像不太痛耶……？」

「說不定有額外效果喔。」

實際上那都是單純的道具效果，梅普露也還沒有將其編入戰術的打算。不過意外造成一旦踏進去就會受到強烈反擊的印象，給了她抵禦穿透攻擊的機會。

梅普露繼續躺在地上，靠道具燒死接近的怪物，使得平地一部分火燒不止。儘管在火舌的阻擋下看不清楚，還是有幾個玩家口耳相傳那就是梅普露，帶消息回去。

不會知道這些事的梅普露，依然躺著等待任務完成。

「唔～也沒別的辦法了。」

她不時加幾顆炸彈加快擊殺速度。在這個只能靠道具攻擊的狀況下，傷害很難提升，基本上只能耐心地等。即使如此，伊茲製作的強效道具仍大幅縮短了梅普露做這個任務的時間。

「今天再加把勁吧～！」

聽了伊茲那些話，梅普露也很想在活動開始前完成任務。現在不曉得後續還剩下多少進度，能加快腳步就要盡量加快。

◆□◆□◆□◆□◆

梅普露獨自殺怪時，克羅姆和霞來到公會基地。

「喔，伊茲啊。今天不上工？」

「克羅姆，我是跟梅普露聊到剛剛啦。」

「梅普露？對了，我剛聽到消息，說梅普露臉上多了像臉彩的東西，真的嗎？」

「哎呀，你聽說啦？她就是來找我談那個。」

「怎麼了嗎？我什麼都還沒有聽說。」

「可能是裝備或技能吧……很難預測最後會拿到什麼……總之她是接到一個有好幾段的任務才變成那樣的。」

「喔喔！果然是這樣！不負眾望啊！」

「說不負眾望也怪怪的……想不到她真的找到了。」

「不過她也滿慘的喔。聽她說，她是被某種東西寄生了，除了被動技能以外什麼技能都不能用了。」

「喔～像是詛咒那樣？那也太慘了。」

「她其他都是零，根本什麼都不能做了嘛。這種限制對她這種重度依賴技能的類型來說好傷啊。」

「至少我幫她搞定第一段了。」

「喔喔，不用戰鬥嗎。」

「對，算是把裝備給出去的任務吧。寄生她的東西要吸收裝備，一吃就吃了上百個。而且強弱進度有差喔，有夠挑嘴的。」

「上百啊？那這樣結果很值得期待喔。」

「就是啊。伊茲給得那麼慷慨，或許很難體會到那等於是花掉很龐大的資源呢。那她是去做下一段？」

「下一段要單獨殺怪，我就只能提供道具了。她現在連攻擊手段都沒有。」

「要單殺就很難幫了……我來幫妳蒐集道具原料怎麼樣？」

「那真是太好了。照那樣看來，恐怕需要很多喔。活動就快到了，還要另外準備一些起來放呢。」

「那我也來幫忙農材料。我會跟梅普露說需要幫忙的話可以找我們的。」

「好，那就麻煩你們嘍。」

「沒問題！如果梅普露能在活動前繼續強化，那又更穩了！」

「地圖也了解得差不多了，幫梅普露完成任務的優先度也就提高了吧。」

「我會把狀況告訴其他四個知道。他們擅長的領域都不同，找適合的人幫忙對她最好。」

事先了解情況，行動起來會更迅速。現在梅普露被迫單獨戰鬥，正是作這類通知的好時機。

既然梅普露真的在刻意引導下有了新發現，接下來這段時間就該全力支援。

「那我就趕快去找材料了。」

「我也要去，騎妳的小白比有效率。」

「加油喔。我沒有特別需要什麼，不管看到什麼都採回來就對了。反正賣掉以後都能用錢來代替。」

「對喔，妳有這種技能……ＯＫ，我就盡量採嘍。」

「拜託啦。」

兩人就此為支援伊茲，也為了梅普露，往野外前進。

◆□◆□◆□◆□◆

接下來幾天，梅普露過的都是一上線就在平地一角放火的日子，而今天它總算落幕了。

在伊茲幫忙補充道具，霞、莎莉、結衣和麻衣不時協助移動之下，她只靠道具不斷殺怪，一步一腳印地推進任務。

「好耶～！結束了！」

當梅普露用炸彈炸死最後一隻怪物，任務也切換到完成頁面。

「呼咿……搞了好久喔～」

對平常不太用道具的玩家而言，拿道具當主要武器實在是件累人的事。能夠完成，是拜她有不會受傷的防禦力，可以戰鬥到耗盡道具所賜。

「這樣完成了沒？」

梅普露查看任務，不幸發現還有後續。

「唔……呃，蒐集道具啊。」

清單上有各式各樣的道具，取得難度參差不齊。有魔物的肉這種從第一階怪物就能取得的，到龍翼等只能從高等怪物下手的，甚至魔族的心臟這般不曉得要上哪找的，五花八門。

「先回去問問看好了。」

【大楓樹】的成員們都面對過很多種怪物，或許會對稀有道具的出處留下印象。

梅普露馬上發訊通知，回基地去了。

她的位置離城鎮頗遠，現在又沒有徒步以外的交通手段，進門時所有人已經在裡頭等她。

「對不起，我來晚了。」

「任務到下一階段了？」

「嗯！現在要我蒐集很多道具。」

「蒐集道具……放出來看吧？」

「這樣比較方便呢！」

莎莉查看梅普露的任務後，將其投放到公會的大螢幕上方便所有人看。

「原來如此……看過的還不少。說不定妳身上已經有一部分了。」

「大家一起翻倉庫，先把有的都標起來怎麼樣？」

「也對。嗯……我好像幫不上什麼忙耶。有稀有的嗎……」

「我和姊姊的幾乎一樣呢。」

「嗯，因為我們都一起探索嘛。」

所有人就此翻找道具欄，將出現在列表上的一個個拿出來。

這八人畢竟是一到八階的探索面積都相當大，幾乎每一條都有人拿得出來。

「魔族的心臟啊……我沒有耶。」

「那麼，只能去找可能的怪物了吧。」

「啊！我有！……什麼時候拿到的？」

「會不會是以前妳說的那個給妳【暴虐】的那隻？否則就是第八次活動的假梅普露那個。」

「很有可能喔！」

「還真的有喔……」

「妳身上的怪東西說不定比我們都還要多。我的都是一般野外掉的東西。」

「其實已經湊得差不多了吧。」

「呃，真的只剩下一點點而已耶！」

任務重點不是找出道具，只是蒐集道具，而目前手上沒有的也都知道哪裡找得到。沒有的原因也很明確，不是單純掉率低，就是怪物經驗值不划算而沒有去打。

「那我們就分頭蒐集吧，任務又沒指定需要梅普露自己來撿。」

「謝謝大家！」

既然能分擔，分頭蒐集效率才高。掉率差而需要用擊殺數彌補的，對現在的梅普露來說太浪費時間。

就這樣，大夥決定幫忙蒐集道具後，各自前往適合自己的地點。

◆□◆□◆□◆□◆

【大楓樹】分成兩隊蒐集材料，最先前往野外的是莎莉、霞、梅普露三人。

現在梅普露不能用【獻身慈愛】，結衣和麻衣發揮不了平時的強度。想要傷害來源，只能借助莎莉和霞的力量了。

她們都能單獨戰鬥，【ＡＧＩ】又高，能在面臨強力攻擊時衝到梅普露背後避難，可說是不二人選。再加上具備快速交通手段，補足了許多梅普露失去的強項。

此時三人正騎著藉【超巨大化】成為大蛇的小白穿過野外。

「梅普露，妳只要乖乖照計畫保持合適距離就行了。」

「危險的時候就靠妳嘍。」

「嗯！」

失去了可以吸引怪物注意的【嘲諷】，想用唯一的攻擊手段【暴食】去敲敵人也不太實際。

所以現在梅普露的角色就是在野外當一顆無法破壞的岩石，只能為提供掩護而移動。

只要怪物瞄準背後兩人打，就能有效利用【暴食】了。

過了一段時間，三人來到在裸坡上張開大口的洞窟前。這裡像是一個無意掩飾的標準地城。

「莎莉，這裡可以嗎？」

「可以。」

「那好。小白。」

霞讓兩人落地後，將小白恢復原來大小。畢竟那麼大的蛇進不了山洞。

「看樣子，小白只能在魔王房打了。」

小白的能力都是以【超巨大化】為前提，小白蛇的模樣發揮不出應有威力，因此不適合在這種狹窄地形戰鬥。

「除非打王，應該不會太難打。只有那時候能變大也不會有問題吧？」

「的確是這樣沒錯。」

「這裡有稀有怪嗎？」

「是沒有沒見過的種類啦，基本上就是強化哥布林的巢穴。哥布林……妳分得出來吧？」

「嗯！……強化？」

「對。在這個地城裡的怪物，攻擊力和移動速度都會提升。」

「是喔，到哪裡都有啊？」

「嗯。這個提升量滿高的，所以怪物數量可能相對少一點吧。」

提升的是攻擊力，防禦力不變，且哥布林本身血就不多，感覺可以速戰速決。

「【暴食】就留下來打王吧，在那之前可以儘管交給我們。」

畢竟她們本來就是為此而來。梅普露乖乖照辦，收起盾牌以保留【暴食】，換上白色塔盾。這樣就不會意外用掉了吧。

「那我們趕快進去吧！」

「隊形怎麼排？」

「基本上還是梅普露帶頭好了，因為敵人攻擊力高。」

「看我的！」

儘管沒有任何技能可用，梅普露帶頭仍能避免一遭遇就受傷的不利情況。更進一步地說，若兩人以正常速度帶頭，梅普露會無法跟上，所以她們選擇配合梅普露放慢速度。三人就此入侵地城，不久聽到深處傳來細小的聲音。

「……鼓聲？」

「好像是。」

維持一定節奏的鼓聲力道強勁，比起太鼓，更接近邦加鼓。

「好像就是這個鼓聲幫他們提升戰力的喔。愈靠近魔王房效果愈強。」

「這樣啊，也就是愈來愈難嘍。」

位在最深處的魔王房即是效果最強的地方，玩家會逐漸習慣強度，有助於判斷是否撤退，可說是平易近人的地城。

「這裡和偶爾發現的隱藏地城相比，實在是好打多了。不會有突然困住的狀況。」

「嗯嗯！突然無路可退的時候真的很傷腦筋！」

梅普露已經被拖進去這類無法回頭的地城好幾次了，不然就是誤打誤撞栽進去，很了解那有多辛苦。

「一般人可能很難體驗就是了……」

三人邊說邊深入，來到一個比較寬的地方。裡頭有手拿染血巨劍的巨大哥布林和矮小的哥布林，都不止一隻。最深處的哥布林頭上，有個小小的王冠圖示。

他們像是在做補強工程，聽從指示調整木板牆。

通道似乎不在他們偵測範圍內，沒有衝出來。可是穿過房間是唯一的路，想前進就非得踏進去不可。

「莎莉，怎麼辦？」

「就目前所知，他們的攻擊沒什麼特別的。十字弓有神奇的力量，不用補彈也能一直連發，像雨一樣掉下來，所以除了梅普露以外都要注意。劍的部分跟外觀一樣攻擊力高，橫掃比較危險。那隻像隊長的會下命令，進一步提升移動速度和攻擊力。還有就是兩邊的牆，靠近會有槍刺出來，小心一點。」

「喔喔～！」

「了解。事先知道這些，打起來就很有利了吧。」

「活動開始以後，有需要也能躲到地城裡面呢。只要有梅普露在，我們哪裡都可以圍城防守，怪物也會幫我們打入侵者。」

「我會小心不要靠近牆壁的！」

「要記好喔。然後，速度這種事靠聽說是感受不到的，要記得哥布林說不定會比想像中還快喔。」

「好，我會注意。」

知道敵人有何伎倆，是非常有利的武器。既然不會有意外，戰敗的可能就會大幅降低。

「【武者之臂】！」

霞使用技能做好準備，踏進房間開戰。哥布林立刻注意到她們的存在，全都進入戰鬥狀態。

「上嘍！」

「好！」

兩人猛然加速，莎莉衝向拿十字弓的，霞負責扛巨劍的，要先下手為強。有射程優勢的十字弓哥布林見到敵人逼近，往莎莉射出大把箭矢。

每個十字弓哥布林都用雙手連射帶特效的箭，以驚人速度掃射莎莉。

「呀！」

莎莉看準軌道扭轉身體，用手上兩把匕首擊落會射中她的箭，同時直線前進。

當匕首斬向其中一隻哥布林的那一刻，位在最深處的隊長發出聲音，所有哥布林身上發出紅光。

紅光使哥布林頓時加速向後退開，與逼近的莎莉保持距離。

「【跳躍】！」

莎莉見狀也用技能進一步縮短距離，但匕首仍不夠長。

然而掃出的匕首發出光芒，哥布林喉部爆出劇烈傷害特效。

原來是匕首變形成了長劍，霎時補足了匕首怎麼揮也追不上的距離。

遊戲沒規定獨特裝備不能混用。既然要混搭，拿兩手不同系列的匕首是理所當然。

【偽裝】可自由變換裝備外觀，除非本人，沒人會發現她現在的裝備是從兩套獨特裝備中挑需要的來用。像現在除了冷不防變成長劍的匕首外，所有裝備外觀都和平時的藍色裝備無異。

莎莉迅速貼近受傷而踉蹌停頓的哥布林，將長劍恢復成匕首，用一套快速連擊傾注傷害。

不過哥布林還是不倒，且其他哥布林在莎莉舉起武器追擊時要阻止她似的抬起十字弓。

射出的箭隨即分裂，往莎莉傾注而下。眼前的哥布林也拖著遍體鱗傷的身軀舉弩放箭。

在【掩護】和【獻身慈愛】都沒得用的現在，梅普露只能眼看莎莉就要被箭雨刺穿，什麼也不能做。

「莎莉！」

「放心！」

變成刺蝟的莎莉就此融入空氣般消散，本尊出現在另一隻哥布林背後。

趁隙從背後猛刺一刀後，莎莉又拉開距離，回到梅普露身邊。

「吼～！那招每次都很嚇人耶～！」

「哈哈，抱歉抱歉。」

她頭部裝備真的就是外觀上那條圍巾，利用【幻影】欺騙了怪物。如今莎莉身上各種裝備都看不出來是不是跟外觀一樣，想不中計就只能想得比她遠。

「我要找機會試招嘛，這樣才能夠騙過玩家。」

但她也不是亂變亂用，要演到幾可亂真才能發揮力量。騙人也是需要相對的技術。

這次與過去不同，戰鬥時要花費更多心力在迴避以外的算計上。為了至少在打怪時把這招用得跟呼吸一樣，莎莉再度出擊。

另一方面，霞用隨【武者之臂】顯現的大刀卸開掃來的巨劍，以迅速動作擾亂大哥布林。

她的【ＡＧＩ】雖不如莎莉，但仍相當地高，又擁有足夠的ＨＰ，戰鬥起來感覺比較安穩。可以多少承受點傷害，補血再戰是她與莎莉最大的差別。

「【血刀】！」

融為黏液的刀身如長鞭般彎曲，從巨劍攻擊範圍外橫掃其軀體。靠剛強吃飯的哥布林在隊長的支援下依然強行進逼，但霞對閃躲也頗有心得。

再加上現在的霞還擁有可以強化這點的強力技能。

「【心眼】！」

技能使霞能夠事先看見攻擊軌跡，在這瞬間她也能和莎莉一樣以分毫差距來閃躲。

竄過劈下的巨劍貼近後，霞以【武者之臂】進一步給予傷害。

「【第五式．崩心】！」

緊接著放出震暈技能，瞬時停止敵方動作再予以追擊。

即使有隊長的支援和地城的強化，設計偏重於攻擊力的巨劍哥布林仍逮不中霞。

「就地正法！」

霞又躲過一次劍掃，補刀後面對下一個哥布林。即使這當中又有巨劍劈來，她的

【心眼】已經看透了軌跡。

「【第一式・陽炎】！」

她反以瞬間移動縮短距離，遁入敵人身前避開巨劍再補一刀。

技能多樣的霞短距離移動速度比莎莉更快，還能夠瞬間移動。即使個人技術難以達成毫釐之差的閃避，卻能利用技能給予的短距衝刺調整距離，躲開大部分攻擊。

只要在對方進行攻擊之後瞬移，除非是同時涵蓋前後兩個位置，不然很難擊中她。

「【第四式・旋風】！」

攻擊技能威力也高，能將怪物一隻隻確實撂倒。

「好厲害喔～！兩個都加油～！」

在這邊的隊長聲援下，兩人將哥布林一一消滅。

「這樣就結束了！」

殺光小嘍囉，斬殺留到最後的隊長，並確定沒有增援後，莎莉和霞總算停下來喘口氣。

「真的比想像中還快呢。」

「就是啊。而且現在的地城效果還不算強，不可以掉以輕心。」

「辛苦啦～！對不起喔，我什麼都沒做。」

「技能被封光光，沒辦法的啦。」

「是啊。打王之前妳就慢慢等吧，一定把妳送過去。」

【暴食】一次也沒用掉，打王有機會速戰速決，因此這次重點反而是中間的過程。

「霞，技能都還好嗎？」

「第一次打這裡，所以就把【心眼】用掉來保險了。現在對怪物動作和速度都有印象，不用【心眼】也沒問題吧。」

儘管接下來的怪物肯定會愈來愈快，親眼見過基本速度以後，後面的就容易應付得多了。

「聽到了吧，梅普露。我們趕快殺到魔王那去吧。」

「嗯！謝謝！我道具沒被封，幫妳們放用可以加攻擊力的！」

「很好，麻煩了。」

炸彈可能誤傷她們，不敢亂用。強化己方或弱化敵方的道具就沒有這種危險了。

順利突破第一場戰鬥的梅普露一行要乘著這股氣勢直搗黃龍。

即使梅普露幾乎淪為擺設，她們兩人都是實力堅強的玩家，基本上只靠她們的力量就能剿滅哥布林了。

其實【大楓樹】每個人強度都高人一等，只是梅普露的技能太具衝擊性，遮蔽了他人的光芒而已。

怪物只是獲得了些許強化，攻擊方式本身並不強，根本不是她們的對手。

最後她們正面掃蕩一群又一群哥布林，視地城效果為無物，三人毫髮無傷地來到魔王房前。

鼓聲比一開始震撼得多，能感到影響整座地城的人物就在這裡面。

「梅普露，【暴食】呢？」

「放心！當然是全都沒用到！」

「聽說房裡滿滿都是哥布林，照之前那樣可以吧？」

「嗯。再怎麼樣我都會想辦法活下來，霞妳也沒問題吧。」

「沒問題。而且我也認為這樣最輕鬆。」

梅普露在接近魔王前都是待命狀態，不能切換盾牌。

要是在嘍囉哥布林身上意外用掉，保留到現在就沒意義了。

「開門嘍？」

「儘管開。」

「沒問題。」

當準備就緒，三人開門攻入房內。長方形大房間最深處，有個看似魔王的巨大哥布林正在打鼓。擋在中間的除了路上遇過的十字弓型和巨劍型，還有手拿長槍騎蜥蜴的騎兵型和舉盾的前線防禦型等，各種哥布林對她們投以充滿敵意的視線。

隨著隆隆鼓聲，哥布林身上冉冉升起紅色氣場，眼裡殺氣騰騰，彷彿隨時都會衝過來。

哥布林有數量優勢，各司其職，陣形也堪稱完美，強化效果又提升到了極限。

在開戰前打量該如何下手的緊繃氣氛之中，雙方同時展開行動。

「小白，【超巨大化】！【硬化】！」

霞腳邊的小白體型一口氣膨脹為數百倍，以硬化的鱗片彈開衝上前來的哥布林。擋下第一波後，霞讓其他兩人乘上小白，伸展蛇身縱貫魔王房。

沒錯，她們從一開始就不想分神處理小嘍囉，目標只有魔王一個。

「都知道了啦，打死魔王以後其他的都會消失！」

莎莉可沒好心到讓哥布林發揮各自強項。既然百分百確定有簡單獲勝的方法，選擇它便是理所當然。

「梅普露，到嘍！」

「嗯！」

梅普露接到霞的信號，取出漆黑塔盾。這面能將接觸物體吞噬殆盡的盾牌，是她目前唯一有效的攻擊手段，也是最凶惡的一個。

「【戰場修羅】！」

「【水纏】！朧，【火童子】！」

霞和莎莉也發動技能，要迅速解決魔王。

小白咬上他的肩坎，鋪出一條直達魔王的路。沒有任何哥布林能夠阻擋這閃電般的行動。

「【五連斬】！」

「【第一式・陽炎】【第三式・孤月】【第一式・陽炎】【第三式・孤月】！」

莎莉打出水火交纏的連擊，霞利用大幅減少冷卻時間的【戰場修羅】，藉技能無視重力的強制移動在魔王身邊飛竄，連同【武者之臂】打出強烈傷害。

「嘿～！」

就在魔王的注意力轉向她們的瞬間，一個嬌小人影從小白頭部冒出來，跳向魔王的脖子。

但不是要跳過去，而是飛撲的姿勢。

將塔盾墊在下面，順從重力墜落。

梅普露就這麼打出一整排彷彿要將魔王軀體一分為二的龐大傷害特效，隨墜落過程從頸、胸、腹、腰一路吞過去。

全都在一瞬之間。

察覺時，魔王已被梅普露撲中，身體分成兩半了。

就是這麼簡單。

在那巨大身軀化為光芒消失不見的同時，剩下的哥布林也因為失去首領而四處逃竄，轉眼消失無蹤。

「辛苦啦。太痛快了。」

「……也可以說是硬要給他個痛快。」

「好成功喔！」

「嗯，比想像中更順利。原來一口氣用掉十次【暴食】會變那樣啊……」

平常不會這麼輕易就用光，這次是因為可以一招定勝負，沒有節省的必要才會這樣。

「啊，梅普露。就是那個，妳要的鼓。」

「啊，對喔！」

這個變成掉落物而縮成人類大小，有複雜花紋與藤蔓、寶石等裝飾的鼓，就是梅普露任務需要的東西。

使用了這面名叫「狂亂」的鼓，也能像地城效果一樣，提升所有隊員的【STR】和【AGI】。但變成道具似乎也伴隨著負面影響，【VIT】【INT】和【DEX】反而會下降。

「其實還不錯，尤其對我們公會來說。」

「梅普露在萬全狀態下也不用計較這一點【VIT】，說不定想加強攻擊的時候可以拿出來敲一下。」

「這次的要給梅普露解任務，我們再找時間打一個吧。」

這面鼓是梅普露的任務道具，若會像伊茲送裝備時那樣吸收掉就沒有了。

「到時候我也會加油的！」

「嗯，用同一招就能秒殺了。」

「對呀，儘管找我一起去。」

「少了霞就不能用這個打法了嘛，到時再麻煩妳啦。」

順利達成目的的三人就此離開哥布林巢穴。

◆□◆□◆□◆□◆

其他五人是往另一個方向走。克羅姆等人也為了尋找梅普露的任務道具而一路來到目的地底下。

五人一起茫然往上望。

「……好高喔。」

「是這裡……沒錯吧？」

「看報告是這樣沒錯啦……要實地打一遍才知道。」

眼前是一大片斷崖峭壁，直得像根柱子一樣，讓人很懷疑該不該用山稱呼它。在周圍雜亂林立的粗大岩柱中，五人要找的是高聳入雲的這根柱王。

「到最頂端的鳥巢裡面採集就有了？」

「叫『魔性結晶』是吧……有發光，所以是有採到？」

現在只知道的確能在這裡取得，但情報並不包含採集成功率等詳細數據。情報是來自ＮＰＣ的流言，究竟有沒有玩家實際取得都很可疑。

「總之要先送伊茲上去，不然都白搭……」

那確定是稀有道具沒錯，所以最好是帶有額外成功率的伊茲去採，但問題是如何攀登上去。

「峭壁上的那個……是給人站的平台嗎？」

「一直繞上去，又好像沒得進去……應該是吧？」

石柱雖是一整圈的峭壁，但表面並不是磨得光滑平整，每爬一段就有可供踩踏的石頭突出來。

「攀岩的話我就不太行了。」

「我也是。」

「只說爬的話，我們還可以揹妳們爬……可是有怪物呢。」

附近有不停嘎嘎刺耳怪叫的詭異飛鳥盤旋，不像是會讓他們順利爬上去。

要是結衣和麻衣陣亡，所有人就得退回地面了。中途墜落還摔不死的，只有梅普露一個吧。

「聽起來好像沒其他好方法了……我來試試看吧。」

「你有辦法嗎？」

「今天才有的。」

奏說完查看上方，叫所有人靠近，發動剛利用【神界書庫】取得的技能。

「【升空】。」

奏的技能效果使所有人輕飄飄地浮起。

「喔喔！」

「好棒喔！」

「這樣的話……」

「很抱歉給你們多餘期待，這招只能往上飄而已。」

「啊？真的耶！不能動！」

「而且效果只持續一下子。」

「「咦咦！」」

話說到一半，效果真的停了，眾人在身體被拋上半空的感覺中開始墜落。

「【木牆術】！……因為會像這樣掉下去，所以要另外製造平台才行。」

奏用伸出峭壁的粗枝所構成的牆當臨時立足點，他們才不至於摔死。

「這、這對心臟很不好耶……」

「雖然知道你會有辦法，可是這真的是喔，太恐怖了。」

「我已經算好旁邊會有穩固的地方能站了，趕快過去吧。不然等等真的會掉下去。」

四人趕緊移到峭壁上原有的平台，查看下一個平台的位置。

「等【升空】冷卻完了，我們再飛一次。升空過程不能動，可是技能還能用，有鳥殺過來就拜託你們啦。」

「看我們的吧！」

「這本來就是我們的工作嘛！」

「那我站最外面以防萬一。怪飛過來應該是擋得住才對。」

「那就照這樣繼續往上吧！」

五人就這麼飄呀飄地沿著岩柱一段段往上前進。

「那些鳥差不多要注意到我們了……沒錯，來了！」

大鳥中最靠近的一隻明顯改變方向，逼近五人。克羅姆擺好架勢，不管要衝撞還是什麼都要接給牠看。只見大鳥雙翼一搧，射出大量風刃。

「不會吧！【群體掩護】！」

只好用盾遮蔽身體，等待狂風止息。這波攻擊全由克羅姆承受，風刃傷不了皮薄的其他四人。

忍了一下子，風忽然停了。怪物只是想在有利位置稍喘口氣，結果緊接著某種灰色物體在牠身上開了一個洞，直飛而去。

「「一、二、丟！」」

那當然是結衣和麻衣扔的鐵球。這種純粹靠蠻力擲出的鐵球，和奏的強力魔法有同等威力。

砲彈幾乎可由伊茲無限供應，她們可以丟個不停。她們不是只會等人保護，也懂得在克羅姆背後窺伺時機。

後續攻擊射穿翅膀，破壞口喙，在身上多開一個洞，使怪物凌空爆散。

「喔喔，控球很準喔！」

「真厲害。感覺就算我有那種力氣，想丟中也不是那麼容易。」

「因為這是我們寶貴的遠程攻擊嘛！」

「對呀，我們練很久了。」

這招對大型怪物特別有效。她們的攻擊光是擦傷就能致命，打中哪裡都無所謂，自然是靶愈大愈好。

「那就儘管丟！在靠近前打掉就沒事了！」

「出意外的時候我也會用魔導書消除傷害，盡量丟吧。」

「「好！」」

怪物受到大量傷害就會退縮，這邊有兩個人丟鐵球，退縮時另一人已做好準備，根本不給怪物出招的機會。

「技能可以用了，要飄嘍～」

眾人再次飄上安穩平台，由近到遠消滅周圍怪物。如此反覆下來，他們上升得比怪物重生還快，不受干擾地穿過雲層，直到再也看不見地面才終於見到頂端。

「終於要到了？」

「好像是。」

頂端附近沒怪物，五人總算抵達山頂。

對情報半信半疑的五人真的見到了只擺一顆蛋的大鳥巢。從尺寸來看，主人比先前到處飛的鳥怪還要大，現在似乎不在。

考慮到隨時可能發生戰鬥，克羅姆帶頭慢慢接近鳥巢，所幸直到採集圖示出現都沒有發生異狀。

「好。伊茲，靠妳了！」

「嗯，看我的。」

伊茲替換飾品提升稀有道具採集率，並服用藥水和像是營養品的藥錠，再捏碎幾個

其他四人不太認識的水晶，身上冒出各色氣場。

「喔喔，不太像只是要採集的樣子耶……」

「這對我來說就是戰鬥嘛。菲，【精靈強運】。」

最後以技能進一步提升稀有道具採集率後，伊茲才往鳥巢伸手。採集次數有限，這次失敗就只能改天再來了。

「有、有嗎？」

「伊茲姊？結果怎樣？」

「好緊張喔……」

「幫不上忙真難受。」

「呵呵，安啦！我對採集很有把握的！你看！」

伊茲從道具欄取出的是個亮晶晶的黑色正八面體，不知由何種物體構成，不時陣陣脈動，感覺很詭異。名字叫「魔性結晶」，的確是這次要找的東西沒錯。

「喔喔！真的拿到了耶！」

「這樣就能跟梅普露報告好消息了。」

「伊茲姊果然厲害！」

「竟然真的一次到手了。」

「都一次砸那麼多東西下去了，當然不能失敗呀。」

「妳當水喝的藥水那些，果然都是高檔貨嗎……」

「是啊，稀有道具採集率可不是那麼容易提升的喔……」

「那我再幫妳多找一點材料回來。」

「謝啦。不過這也是一種投資啦，不用想太多。」

「不知道結果會怎樣實在很恐怖耶。」

「我是對她很有信心啦。」

這裡的五個人，對於技能取得過程愈艱辛，報酬效果愈高這種事都有都切身的體會。每當蒐集到麻煩的材料，心裡都會充滿期待。

「沒必要再留在這裡，下去吧。」

「也對。安全第一，快下去吧。」

「可以像梅普露那樣跳下去，再把傷害取消掉喔？」

「很不巧，我沒有那種勇氣。」

「對呀。雖然知道最後大概不會怎樣。」

「說得也是。」

奏收起剛取出的魔導書，叫湊出來並展示兩本魔導書。

「那我用水跟冰做溜滑梯，用滑的下去吧。」

「我就是在等這種安全的方法啦。」

「還可以這樣子喔！」

「像莎莉一樣呢。」

「我技能的數量可不會輸給你們喔。」

於是事不宜遲，奏立刻到崖邊進行準備，這時有個大影掠過山頂。

才剛為那大得像龍的影子吃驚，天上就傳來撼動空氣的吼叫。

「糟糕，老大來了。」

「哈哈，動作快吧。很生氣的樣子。」

「奏……！」

「牠下來了！」

「快溜吧。不像是會聽人解釋的樣子。」

奏趕在巨鳥襲擊前凍住水流，五人下螺旋梯似的一圈圈繞著岩柱溜到地面。

第六章　防禦特化與快打部隊

在公會成員的幫助下，梅普露穩穩地湊齊所有缺少的道具，成功達成任務條件。

收下莎莉交出的道具後，她將道具一一放進道具欄內指定的格子裡。

「希望這樣就結束了……」

「時間愈來愈緊迫了呢。」

若需要打大魔王，有結衣和麻衣這對決戰兵器就能快速搞定。倘若又是這種蒐集道具的任務，就要和時間賽跑了。

「梅普露，怎麼樣？」

「有沒有……不一樣了？」

「等一下喔～最後一個！」

當梅普露置入後一個道具，面前跳出了任務面板，顯示下一個任務。

「唔～好像還有。」

「真的？嗯……這任務好長喔。」

「這個任務要做什麼？」

「我看看……要到指定位置去的感覺！」

「所以這次就結束了吧？嗯～有打魔王的味道喔……」

如莎莉所言，指定地點有大事等待玩家是很常見的事。當然，魔王怪占了不少。

「我們也能去嗎？以前就算了，現在的她自己恐怕……」

不能使用技能，就只能靠道具攻擊。遇到防禦力高一點，或任何補血能力的魔王就完蛋了。

「梅普露，怎樣？」

「好像可以一起打喔！我把地圖給你們看！」

梅普露秀出的地圖上，顯示著接下來需要走的路線。

「嗯嗯？是怎樣？」

「呃，該怎麼說呢……」

「有夠遠的啦！」

梅普露展是的地圖上散落著幾個紅點，表示需要走的路線。點與點之間有線相連，且離得很遠，要在野外很長一段距離。路線不止一條，有通過所有紅點的，也有只通過幾個的，像是表示不同選擇會消耗不同時間。

和克羅姆和莎莉預料的一般打王前的路徑不太一樣。

「反正既然可以一起打，不管怎樣我們都會跟去嘛。」

「說的也是。」

七人都要奉陪到底。比起梅普露自己來，整個公會幫忙解的效率肯定好上太多。

「如果再來大家都有空，我們就直接開始吧？」

「對呀，趕快結束掉比較好。」

「各位，可以再幫我一下嗎？」

所有人都對梅普露點了頭。既然決定了，八人立刻往野外出發。

「小白，拜託啦。」

八人照常騎小白橫越野外，莎莉看地圖帶往目的地。

「就是這附近吧？」

「嗯，霞，可以停了。」

八人跳下小白查看四周，很快就注意到眼前的特殊地形。

「就是這個嗎？」

「好大一個洞喔……」

「看不到底耶～好像可以沿著邊邊下去。」

眼前是相當深的大洞。以前攻略這種垂直洞穴時，是靠梅普露開【獻身慈愛】跳下去的方式瞬間強行突破，現在故技不能重施了。

「奏，你還有招吧？有嗎？」

「有啊，還不止一種方法……大家想怎樣下去？」
「用最安全的方法下去！」
「既然梅普露這麼說，我就來準備安全的。」
七人聽了這個誰也不會受傷的方法後，梅普露嗯嗯點頭。
「這樣應該沒問題！」
「是以梅普露為標準呢……」
「這樣的確是很安全啦……」
做好心理準備後，眾人聚在洞口邊緣。【大楓樹】遇上高低差大的地形，基本上都是這樣處理。
「預備，跳！」
所有人隨梅普露的吆喝一口氣跳進空中。因重力急劇加速的身體甩開峭壁邊不曉得什麼東西射出來的火和風，直線墜落。
「【守護屏障】！」
一陣光芒隨奏的宣告包覆八人的身體，隨後由腳落地。
光芒啪唧一聲消失，完全承受了本該有的墜落傷害。
「喔喔，好奢侈的用法。」
「直接消傷害的我還有很多。平常能靠梅普露，所以都用不到。」

奏單獨在野外遭遇危險時，不會使用魔導書保命，而是認為死了再重新挑戰就好，這類魔導書是充裕得很，用掉一本也不會有任何影響。

「不過這裡好像沒魔王能打耶……」

「對呀，我只知道這裡是個不錯的採集點。」

莎莉和伊茲的認知沒有錯，只看得見峭壁上的裸礦，沒有魔王守在這裡。

「大家一起找找看吧！說不定有怪東西！」

「是啊，有發現就通知梅普露過去看。這裡可能跟在第八階拿到【救濟的殘光】那時一樣，有某些只有梅普露才能感知到的東西，梅普露要特別注意找喔。」

「知道了！」

到這裡來需要花不少時間，於是八人一邊採集，一邊在廣大的洞底到處查看。不久之後梅普露有了發現，叫來所有人。

「就是這個吧？」

梅普露所指的岩壁上畫了個黑色小漩渦，且慢慢轉動著。

「沒事發生？」

「我摸摸看喔。」

見目視沒有變化，梅普露伸出手觸碰漩渦。漩渦瞬時擴散到整個岩壁，渦紋之間的空隙也逐漸填滿，岩壁蓋滿浮動的黑。

「像是……傳送門耶。」

「對呀。」

梅普露往岩壁攤開手掌，岩壁便活性化似的放出黑光。另一邊有些什麼，得踏出這一步以後才會知道了。

「不管是什麼，做好充足準備再進去吧。」

「嗯！我把道具準備好！」

寧願準備了卻沒用到，也不要無備而敗。

做好無論何方神聖都能強行破壞的準備後，梅普露觸碰岩壁。

黑光噴湧而出，吞噬八人。腳下地面的感覺消失不見，是傳送的預兆。

「果然是傳送嗎！」

「準備戰鬥！」

「「好！」」

視野很快地完全染黑，八人傳送到黑暗的空間。警戒當中，設於兩側牆上的火把一一點燃，照亮房間。

房間最深處，有個三面六臂的巨人。每隻手各拿一把武器，擺明是藉武器攻擊的樣子，給人靠次數和攻擊力逞凶的第一印象。

「六隻手啊……不過……」

莎莉往背後使眼色。這邊可是有兩個八隻手的姊妹檔，現在她們經過道具提升威力，攻擊力不會輸給他。

「我來護送她們過去！盡量幫我拉開注意就行了！」

克羅姆站到結衣和麻衣面前，霞和莎莉起腳衝出去。敵人雖有六隻手，只要瞄準結衣和麻衣的手減少，的確可以提高勝率。

「【風刃術】！」

「【血刀】！」

兩人各先以遠程攻擊發動攻勢，魔王見狀也用他長長的手臂砸下武器反擊。

她們往牆邊移動，降低攻擊波及結衣和麻衣的風險，並利用自身速度躲避武器，分擔部分攻擊。

「【群體掩護】！」

克羅姆也承受著其他手臂的攻擊，紮實地前進。除了霞和莎莉以外沒人造成傷害，其他手臂的目標也漸漸轉移到她們身上，而【大楓樹】當然就是在等這一刻。

「就是現在！快跑！」

「「是！」」

克羅姆舉起盾，奏準備防禦魔法，和結衣和麻衣一起起跑。

只要能接近，且魔王有血條能夠打倒，不管是誰都沒有一個站得住。

莎莉和霞總共吸引了四隻手，其餘兩隻準備迎擊衝上來的結衣和厤衣。

「才兩隻……！」

「沒問題！」

面對武器揮來，兩人也舉起巨鎚，同時砸出去。

「「【巨人雄威】！」」

她們凌駕萬物的【ＳＴＲ】彈開在體型上遠超過她們的對手之攻擊，將原本要承受的傷害打回魔王身上。

再趁魔王退縮時縮短距離，將懸浮於空中的六把巨鎚也一起舉起來。

「上嘍，姊姊！」

「嗯……！」

「「【擲出武器】！」」

兩人所裝備的武器隨技能宣告同時發光，旋轉著朝魔王高速飛去。

這技能的效果是擲出玩家所裝備的武器。各裝備八把武器的結衣和厤衣，當然是把手上武器全丟了出去。

這樣的遠程攻擊，具有暫時失去所有武器的巨大缺點，但在她們手裡就不一樣了。

一把把巨鎚咕渣咕渣地砸在魔王身上，驚人的傷害使他不禁踉蹌。

只要這一擊能確實取走敵方性命，丟光武器也無所謂。

當最後一把巨鎚刺進三張臉中面對她們的一張，轟出一個洞並打碎背後的牆之後，魔王全身滿布黑炎一塊塊崩潰，最後化成光消失不見。

「不用到腳底下也沒關係呢……」

「只要有備用武器就很穩了。」

「有伊茲姊在的話，丟出去也不用怕。」

說不定伊茲道具欄裡那些用不到的武器，也有重見天日的一天了。

「好棒喔～！還有那種技能啊！」

「對呀！一直用【遠擊】和【投擲】殺怪以後就學到了！」

「可惜不能自己決定要丟幾把……」

說起來，能裝備八把武器就夠特殊了。這技能也不是為這種狀況而設計，缺點不會因裝備數量改變。然而丟愈多出去，傷害與攻擊範圍就愈大，對方生存率也會下降，自然是愈多把愈划算。

尤其對她們而言，可以藉由必殺來彌補後顧之憂。

「這技能原本看起來沒這麼強呢……」

「總之這樣能運用的戰術又更廣泛了。」

在忙著處理眼前手臂的霞和莎莉看來，是赫然見到十六把巨鎚砸進魔王體內，震撼力十足。

「有麻衣跟結衣在，把點一次跑完好像也不會花多少時間呢。」

「如果都有空，直接走最長路線就行了吧？任務本來就很長，要做就做最完整的比較舒服一點。」

「我們可以！」

「對呀，我們還能打……！」

「大家好就好！」

一般而言，連續魔王戰是很累人的事，但對於【大楓樹】來說不是問題。

既然決定了，大夥便一一走進剛出現的魔法陣到外面去，趕往下一個目的地。

「……？梅普露？」

「怎麼啦，莎莉？」

「嗯～妳臉上的黑斑好像稍微變大了耶……」

「是喔？我看不見，都不曉得。」

「沒關係，可能是錯覺。說不定是會隨任務進度變化，或是有時間限制什麼的。再多看幾次吧。」

「嗯！」

隨後兩人也跟上其他六人返回外界。

◆□◆□◆□◆□◆

接下來發生的，完全可稱為蹂躪。從先前直穴般的特殊地形到地城等怪物的巢穴全都被他們登門踏戶，只要是會動的一律躺平，一個接一個。

除了能事先防範的玩家外，沒有東西能阻止結衣和麻衣超乎常理的膂力。野外魔王根本做不到這種事。

八人就這麼乘著小白，能殺的全殺，通過地圖上所有節點，來到每條路線都會歸結的最後一點。

「怎麼擴散成這樣啊……」

梅普露臉上的黑斑已經侵蝕到背上、肩膀和大腿等處。能力值沒變，人也沒受到異常狀態，連是好是壞都不知道。

「梅普露，目前都沒有變化嗎？」

「嗯！除了外表以外好像什麼都沒有。」

「可以確定的是每次打死魔王都會擴大……感覺上是愈來愈惡化的樣子。」

「都沒有半點提示，憑我們是無從評斷吧。」

他們走的是通過最多點的路線，結果不是最差就是最好。

無論如何，現在已經無法回頭，只有完成任務一途。不過，除非對方能完全免除結衣和麻衣的攻擊，不然一點問題都沒有，【大楓樹】並沒有想太多。

「照地圖來看，就快到了……」

「平地正中央耶？有東西嗎？」

「只能下去找找了吧。」

如果還是一樣，應該能找到會對梅普露起反應的黑色漩渦。霞先將小白收回戒指，所有人散開找標記。

既然是平地，不太會有隱蔽得很巧妙而漏看的事。仔細找了一會兒，果真找到了浮現在地面上的標記。

「喔，梅普露，我找到了！這邊這邊！」

梅普露聽見莎莉的呼喊而跑過，任務隨之完成，推進到下一個任務。

「要進去打魔王的樣子……不過呢……唔……」

「技能能用了嗎？」

「還是不能的樣子。」

「任務結束然後打魔王……所以真的是最後了嗎？」

「我會加油的！」

「不管是什麼王……我們都會打趴！」

撐起【大楓樹】火速攻勢的結衣和麻衣再次為自己打氣。即使接下來的怪物比過去都還強，想必仍承受不了她們幾次攻擊。

「那個啊，再來好像只能我自己去。」

「哎呀？我們不能幫的意思？」

「任務有寫限定單打……沒錯吧，莎莉？」

莎莉也來查看梅普露的新任務，確實有寫限定單打。

「我再問一次，技能真的還沒回來？」

「嗯。是叫被動嗎？只剩那種有用。」

不必宣告就會生效的技能依然作用，防禦力沒有影響，但也僅止於此。攻擊手段被全部剝奪的梅普露一路上什麼都沒做，只是跟著大家走而已，【暴食】全數保留，但能否打倒魔王還是很難說。

「這樣就要靠道具打了……」

「不曉得魔王是哪種類型，只能各方面多準備一點了。」

八人一起出主意，盡可能推演各種戰術好提升勝率，伊茲也給出大量強化道具。再來就只有相信梅普露了。

「可能會打很久很久……我明天再報告結果！」

若得靠道具擊敗魔王，八成會像以前那樣，變成靠防禦力慢慢削血的異常持久戰。

讓大家留在這裡乾等也不好意思，梅普露鼓起勇氣觸碰漩渦。

「等妳的好消息喔！」

「我會替妳祈禱的。」

「「加油喔，梅普露！」」

「道具不要省，盡量用喔。」

「呵呵，要帶好玩的技能回來喔。」

「梅普露！加油……要贏喔。」

接受七人的鼓勵後，梅普露大力點頭，融入黑暗消失不見。

第七章　防禦特化與禁忌之主

籠罩全身的黑暗消失不見，可以看清四周後，梅普露發現這裡和來時一樣，是個廣闊的平地。

不過就只有延續到地平線的平坦地面，傳送前那些森林、城鎮等景物全都消失得乾乾淨淨，看來是不用考慮怎麼利用地形戰鬥了。

同時，梅普露身上的黑色斑紋逐漸縮小，眼前冒出一團黑霧並逐漸擴大成人形。最後出現的是個臉色蒼白，有頭長長白髮，腰間黑劍格外醒目的男子。

看起來不像凶惡的異形怪物，讓梅普露先鬆了口氣。

「替我湊齊足以復活的祭品，真是辛苦妳了。」

「嗯！」

「等我吸收妳的靈魂以後，我就真的能復活了。妳的魔力很不錯……」

「嗯？」

才以為能溝通，男子態度卻一八〇度大轉變，讓梅普露愣了一下。

畢竟任務都講明擊殺魔王了，而這男子就是魔王，從一開始就沒有和平解決的選

項。

「乖乖受死吧！」

「吼～【毒龍】！」

見男子拔劍走來，同時頭上顯示血條，梅普露舉起塔盾想發動技能。

可是毒液沒有射出來，技能無疾而終。

「咦咦！他不是都出來了嗎！」

「我怎麼會解開束縛呢。」

當梅普露被這中肯言論氣得嘟起嘴，男子快速逼近揮出黑劍。

速度與莎莉相近，梅普露還能勉強舉盾抵擋，但他轉身繞到側面又是一劈，以那枯瘦身軀無法想像的力道砍飛了梅普露。

「哇哇！」

若男子說的是實話，那肉體即是由吸收稀有道具、伊茲的強力武器和擊殺的怪物靈魂而成，沒有弱的可能。前不久還靠結衣和麻衣把能打的魔王全打死了，強度肯定是已經升到最頂。

所幸梅普露仍未喪失防禦力，沒有穿透效果的攻擊穿不了她的裝甲，多少給了點重組戰略的時間。

「好～加油……！」

受了大家的聲援，梅普露告訴自己一定要贏，雙腿使力站起來，並窺伺男子的空隙。男子沒有放慢攻勢的打算，再度快速接近梅普露，用那把漆黑的劍砍飛她。

「唔唔！不、不可以隨便用掉！」

梅普露滾動之餘將塔盾收回道具欄。現在只有道具能正常使用，【暴食】是她最強的攻擊兼防禦手段，一次也不能浪費。

就這麼被重複砍飛幾次後，梅普露也開始習慣，有思考的餘裕。

「想保持距離……可是他這麼快……唔唔唔。」

考慮到每次彈飛後站起重整旗鼓時，對方都已經逼到面前，想站著移動基本上是不可能了。

「有什麼能用的嗎……啊，這可以！」

彈上天的梅普露改從道具欄取出道具，往背後用力按了按，不過什麼事都沒發生。面對進逼的攻擊，梅普露沒有站起來，選擇躺在地上。

就在劍觸及之前，梅普露底下發生劇烈爆炸，將她往上炸飛好幾公尺。

「好耶！」

但她沒有再做些什麼，直接摔在地上。儘管被等在底下的男子一劍砍飛，她仍覺得大有所獲，顯得很滿意。

梅普露用的是伊茲特製的黏彈，不同於受到攻擊就會爆炸的普通炸彈，貼上目標後

經過固定時間才會爆炸，很容易掌握。雖然不能直接黏在敵人身上，大多是設置於場地上，但平常本來就不需要這麼做，不符現實也無所謂，而現在對梅普露來說卻成了寶貴的移動手段。

只要事先貼在身上某處，經過一定時間就能往反方向高速移動。

「好～！再一次！」

梅普露同樣備好炸彈後躺下等待。不久轟隆一聲，梅普露炸上天空，很快地空中又發生第二、第三次爆炸，將梅普露推得更高。黏彈只會在固定時間後引爆，也就是不會發生連鎖爆炸。只要設置有間隔，就能像二段跳那樣飛得更高。

這個不怕炸傷或摔傷的梅普露專屬用法，成功讓她拉開了距離。

「趕快……好了！」

【快速換裝】遭到封禁，梅普露只能打開道具欄換裝。她還有個具有方便被動技能的裝備，那正是在【大楓樹】裡也出盡鋒頭的飾品。

出現在空中的白手抓住塔盾，等在下方接住梅普露。【拯救之手】是被動技能，和【暴食】一樣是梅普露剩餘的技能之一。

成功留在空中後，梅普露往下查看狀況。只見男子高舉了劍，往她奮力揮掃。

「哇！」

見到隨軌道射來的閃亮特效，梅普露趕緊縮回腦袋。特效只打中托著她的盾，沒傷到她。要是有擊飛效果，說什麼都不能中。

「在他亂來之前，我也來……！」

梅普露取出更多道具，同樣又是塞滿火藥的東西。當然那和先前一樣，是用來移動的。

那是火箭造型，拉出一條引線，用來往天空打的沖天砲。這本來是用來攻擊天上的怪物，如今梅普露搬一大堆出來，繫腰帶似的用繩子在身上綁一圈。

「點火！」

接著用火焰水晶同時點燃所有引線，等沖天砲升空。

不久，梅普露托著大量濃煙往更高處飛翔。

一路衝到跳砍都打不到的高處，高高在上地坐在塔盾上。設計人員大概是沒想到沒技能也能飛這麼高，或是認為沒必要，男子的攻擊沒有一個到得了。

「開始反擊嘍！」

梅普露總算做好了準備，拿出道具——石頭。

沒錯，平凡無奇的大石頭。第八次活動建立據點時，結衣和麻衣也搬運過的普通石頭當然沒有飛行能力，丟到空中就會順重力落下。

「去吧～！」

面對突如其來的大石，男子靈敏地閃躲。大石重重地刺在地面上，留在原地。雖然

這次沒中，庫存還多得是，而且除石頭之外，伊茲還在她的道具欄裡塞滿了鐵球、冰塊等大型重物。

「看我砸死你！」

今天的天氣是岩石鐵球偶陣冰。只見地上愈積愈多，地形也逐漸變化，梅普露依然丟個不停。

男子快歸快，迴避之餘還會對梅普露出手，難免會在無盡的攻擊中多少受點傷害。雖然微小，那仍表示他正一步步接近死亡。

梅普露的纏功到從毒龍戰至今都沒有衰退過，經過一個小時的猛砸，終於成功削去兩成ＨＰ。

「呼……愈來愈容易打中了耶！」

地面已經沒有原來平地的樣子，男子腳下全是高高低低的不穩障礙物，移動起來恐有不少限制。男子逐漸提高的受傷率也證明了這點，照這樣來看再不到四小時就能解決他。

然而這想法轉眼就熄滅了。男子忽然發出黑光，轉瞬後有光由內部迸開，背上長出了惡魔形象的黑翼。

黑翼嘩地一聲猛然拍動，男子霎時飛上天空，改變方向飛向梅普露。

「咦咦！」

只是利用道具取得高空優勢的梅普露，全然跟不上有飛行能力的對手。

「等、一下！啊！」

男子輕易飛上更高的位置，被斜向砍中的梅普露頭下腳上地墜落。

雖然轟隆一聲摔得煙塵漫漫，但她知道自己不會摔傷，馬上爬起來慌忙跑走。

「要趕快重新準備了！」

既然對方現在會飛，先前的投石戰法已經失效，必須想個新的戰術才能削減他剩下的八成ＨＰ。

沒有技能的梅普露想傷害速度快的對手，其中一種方法是像先前那樣，找個有利位置反覆攻擊。

另一種則是等待對方接近，伺機打出強效攻擊。

男子當然不會像梅普露那樣摔，會以一定速度下降，距離來到面前來有一小段時間。

要是再陷入擊飛迴圈，恐怕又要花很久才能脫離，不能放過這次機會。

「嘿咻……好！」

梅普露背後緊靠自己砸下的石頭，從道具欄取出更多圍住自己，上面也蓋起來，只留正面出入口後靜靜等待。怪物不比玩家，會一頭鑽進明顯的陷阱。

這差別對梅普露是絕對地有利。

很快男子舉著在陰暗中也能看清的閃耀黑劍一口氣衝進來。梅普露再怎麼不會躲也不是新手了，在這個守株待兔的狀況下，不至於抓不準正面直衝而來的攻擊。

她模仿莎莉的動作，橫擺上半身躲開男子的突刺，順回身之勢揮出雙手。

同樣在陰暗中閃耀的漆黑塔盾，撕裂其肩膀、脖子與頭部般造成大量傷害。緊接著黑光在傷處凝聚，修補男子的身體，但失去的ＨＰ並沒有因此恢復。

「唔唔……！」

見到男子承受大量傷害而停頓，梅普露舉盾追擊。不過受傷使男子向後跳出了梅普露的巢穴重整架勢，沒能再添傷害。

「我就在這裡等你！」

梅普露沒必要主動出去，在她搭建的巢穴裡面等對方自投羅網，紮實地反咬一口就行了。

男子必須打倒梅普露。角色就是如此設計，能選擇中斷戰鬥的只有梅普露。因此就算那是有怪物潛伏的巢穴，男子也非得衝進去不可。

男子再度進攻，怪物靜靜地張嘴等待。咬得更準的利牙，二度撕開了男子的軀體。

但怪物——梅普露的表情依然眉頭深鎖。

「還剩七次……」

男子再度跳出巢穴。從頭上血條減少的程度來看，這七下【暴食】全中也無法削光其ＨＰ。

這也是理所當然。【暴食】傷害雖大，可對方血條畢竟是被石頭砸了上百次也只掉兩成血那麼長，沒那麼容易削減。

「留一點下來好了！」

ＨＰ掉到一定程度就會改變行動模式是可以預期的事。當急需速戰速決時，會需要【暴食】的傷害。於是梅普露收起盾牌，拿出油和打火水晶。

周圍瞬時燃成火海，身旁成為傷害地形。做好準備的梅普露注視洞外，不料狀況有變，男子遲遲不來。

「奇怪？」

火焰和【暴食】不同，已經構成踏入就會受傷的區域。看來怪物不會主動進入肯定會受傷的區域。

「不能放火啊……」

到離得夠近才能造成傷害的，就只有炸彈和她本來就經常使用的各屬性傷害道具了。

梅普露兩手各抓一塊水晶，等到火焰消失。

同時男子也察覺火已熄滅，再度衝進來。碰巧狹窄入口可以誘發突刺攻擊，連梅普露也能穩穩閃避。

閃過之後梅普露向前一跳，推出雙手砸碎結晶，掌中迸出的電光和火焰削去男子的ＨＰ。可是傷害比【暴食】少太多，男子繼續攻擊。

「啊！對、對喔！」

之前退卻是【暴食】所致，收起盾牌的梅普露結實地吃了一記劈砍，撞上背後的岩石。

「哇、哇哇！等一下！」

就此被當柴砍的梅普露只是乒乒乓乓響個不停，沒有受傷。然而持續不斷的強烈擊退使她動彈不得也是事實。對方逼得這麼近，【拯救之手】依然持用的盾也塞不進兩人之間。砍著砍著，梅普露背後的岩石反倒先不耐攻擊而迸然崩散，失去支撐的她向後飛去。背後的牆是原本落石堆最外側的部分，少了一顆只是更往石堆裡退，一樣是關廁所的地形。

同時上方岩石也失去支撐而墜落，男子和梅普露四面都突然被大石包圍，失去退路。

「……！」

瞎貓碰到死耗子，原本的危急狀況碰巧成了大轉機。

「嗯……嘿！」

被砍得貼在背後大石上的梅普露盡力操作道具欄，在頭上放出鐵球。現在他們前後

左右都被岩石堵住，頭上又多了一顆巨大鐵球，根本無路可逃。

鐵球直接墜落，壓在兩人身上。接下來梅普露是打算壓死他。男子被鐵球壓著，ＨＰ慢慢減少。雖然少得會讓人懷疑到底有沒有扣血，累積幾小時以後肯定會相當可觀。

不過男子也沒有坐以待斃，開始試圖逃脫。

他以魔法射出黑刃，代替不能動的身體砍碎鐵球。

但鐵球才剛破壞，梅普露又拿出新的鐵球壓住他們，將狀況延續下去。

若只有對手單方面受傷，梅普露必將取得最後的勝利。儘管這方式迂迴到不行，卻能確實地領她走向勝利。

壓死作戰持續一小時出頭後，問題來了。

沒錯，能拿來壓魔王的道具終究是耗盡了。

儘管伊茲已經盡可能塞滿她的道具欄，那些東西本來就不是這種用途，當初沒想到會需要那麼多。會煩惱石頭不夠壓死魔王的玩家，究竟還會有誰呢。

雖說這問題只要收回大石就能解決，但她自己也被壓著，沒那麼容易。

這當中，移出道具欄兩小時的道具開始依序消滅。

這波攻勢又成功削減了兩成ＨＰ，但距離勝利還遠得很。先前丟的岩石很快就會因為時間到而全部消失吧。

梅普露繼續找東西壓魔王，要趁他無處可逃時多削點血。

雖想用炸彈，但若炸壞周圍岩石就得不償失了，只好慢慢磨下去。

能用來壓的道具就這麼漸漸消失，梅普露眼看機會就快沒了，趁男子忙著破壞壓住他的大石不停扔炸彈。既然沒東西能壓住他了，繼續跟他關在一起也沒用，不如利用這最初且最後的機會用炸彈賺點傷害。

炸彈要填滿所有縫隙般不斷冒出來，被男子破壞大石的攻擊波及而引發連鎖爆炸。

炸彈威力遠高於原本不是用來壓人的岩石和鐵球，又全部命中，成功削去一成傷害。包圍他們的石牆承受不了這樣的攻擊，炸得乾乾淨淨。起初從天上砸的岩石也隨時間限制消失，當爆炸結束，場地又恢復成原先的平地。

ＨＰ剩一半，來到一個重要的段落。爆炸煙塵中，有黑光迸射開來。

梅普露察覺情況有變，裝起一面伊茲給她的閒置塔盾，並將【拯救之手】添加的兩面塔盾也拿到前方來，完成防禦準備。

衝出煙塵的男子果然不同，變成兩手各拿一把劍，劍身纏繞火焰般的黑光。梅普露感到危險，身體不禁緊繃。

既然外觀有變，那不是增傷就是有額外效果之類。

結果男子揚手張開黑色魔法陣，使梅普露舉盾等他衝過來的狀況轉眼改變。

魔法陣瞬即射出漆黑光束，逐漸染黑抵擋光束的盾，並在完全染黑時當著傻眼的梅普露的面猛烈爆炸，炸得她人仰馬翻。幸好那是【拯救之手】所拿的盾，若是她手裡的那面，恐怕是抓不住。

而男子沒放過這個空隙，迅速逼上前來，砍散了梅普露崩潰的防禦網。

「唔唔！」

劍砍中的部分，在梅普露裝甲上留下了最後會導致爆炸的黑光。不僅如此，額外傷害還無視防禦力，確實削去了她的ＨＰ。現在她優先裝備伊茲做的ＨＰ盾牌，三面加起來使她離死亡遠了很多，連擊仍深具威脅。

梅普露調整盾牌位置，並取出黏彈裝在胸口上。

好不容易架開接下來幾劍後，她算好角度，隨爆炸往後高速移動。

情況不同了，再一味挨打太危險。梅普露開著道具欄，每炸一次就再貼一顆黏彈。雖不能靈活移動，每過一段時間還是能拉開距離。

而且藉爆炸攻擊也是梅普露的拿手好戲。開著道具欄讓她拿得更順利，每次退開都丟出大量炸彈。

男子也承受著爆炸傷害攻來。炸彈存量十分足夠，只要在維持距離上不失誤就好。一旦失誤，連擊就會砍得她難以維持姿勢，無法順利移動，直接一波帶走。

「好～專心！」

那深呼吸的模樣頗有莎莉的影子。都打到這裡了，說什麼也不能輸，梅普露重新舉定三面盾牌。

然而這解法畢竟是臨時想到，不曾練習過，操作道具欄的同時往敵人丟炸彈的動作仍不完美。即使技能被封光光，沒必要想太多，這些動作還是讓她有點慌亂。

最後來不及操作，往胸上裝炸彈的動作慢了，男子瞬時逼近。

「哇！等……唔唔！」

距離拉近，就換對方占優勢了。快速連擊劃開梅普露的身體，迸發傷害特效。

「走開！」

以晚一拍爆炸的炸彈拉開距離後，她將飄浮塔盾設置於敵我之間，藉延長最短路徑爭取時間。

「裝炸彈……喝藥水！」

梅普露依序使用道具重新來過。幸好戰場是平地，不需要細緻的控制也能使背後保持開闊，不怕無處可退。盡可能減少分心後，她總算能夠掌控這個戰術。

需要一段時間才會保炸的漆黑光束，用【拯救之手】遠遠地抵擋。一步步適當處置並給予傷害的過程中，也有不禁走神而遭到反擊的時候。

不過打不出有效打擊的肯定是對方。

只要還有藥水，梅普露都能重新來過，而男子的ＨＰ不會恢復。

「再一次！」

梅普露隨男子接近灑出大量炸彈。不顧種類效果，只專注於丟出躲不掉的量，等對方一踏進雷區就點火引爆。一併吞沒梅普露的爆風單方面傷害男子，並將她炸飛。

「呼……哈……好！」

男子的HP剩四成左右，戰鬥時間來到三小時。

過去也有許多次長期戰鬥，這麼忙的還是第一次，臉上開始有明顯疲色。

儘管如此，她依然穩住心神，累積爆炸傷害。現在最令人擔心的是黏彈存量。為快速移動，她用得毫不吝嗇，其他道具又無法取代。

對方的HP剩下約三成半，剩餘的黏彈肯定撐不到最後。但若維持不住這速度，恐怕會被他直接砍死。

「要找時間用【暴食】……！」

【暴食】還剩七次，全部命中就能底定大勢。

於是梅普露決定在HP掉到三成時發動攻勢，削減剩餘HP。

三成是行為模式可能改變的最後節點。等到那之後，在被他殺死之前用【暴食】一口氣吞掉他的可能會提高很多。只要他HP撐不住，其他就沒什麼好管的了。

在受到爆炸紅火與男子的漆黑光束照亮的戰場上，雙方互相傷害著。

「看你變不變！」

一陣特別大的爆炎吞噬男子，進一步削減其HP，來到了目標值三成。

帶來了梅普露料想之中，但不想見到的行動變化。

男子躍上離地數公尺的空中，在地面展開以自身為中心的大魔法陣。梅普露見狀趕緊逃跑，那怎麼看都對她沒好處。

接著她補滿ＨＰ，為【拯救之手】替換受損的盾。當準備結束，魔法陣中心湧出汙泥般的物體並擴散開來。

「這一次……妳必死無疑！」

男子說完劍指梅普露，同時汙泥中接連冒出類似梅普露在【暴虐】形態的異形生物。有的長翅膀，有的虎背熊腰，有的長了好幾根手腳，造型各異，共通點是都纏繞著能夠傷害梅普露的黑光。

「……！」

那畫面嚇得她趕緊裝備「闇夜倒影」。現在她沒有完全避開這波攻擊，繼續消磨的餘力。儘管跌跌撞撞撐到了現在，面對單純質與量的提升還是有其極限，因此梅普露只能用目前唯一且最強的武器全力閉幕。

幸虧距離拉得確實，在怪物群殺到前還有點時間。

她急忙綁上沖天砲點燃引線，隨爆炸飛上天空。

在地面會遭到怪物阻攔，到不了男子身邊，讓他自己過來比較快。這與之前並無不同。

只有同樣能夠飛行的男子，和具有翅膀的怪物能追上炸上天的梅普露。
雖然男子的速度比底下飛來的召喚怪還要快，可是距離的差距使怪物先湧了過來。
「……！」
有怪物阻擋就不能直接用盾牌砸魔王，落地又會成為怪物的點心，沒有停下來發呆的餘地。她趕緊思考自己能做什麼，付諸實行。
沖天砲的推力結束後，梅普露開始落下。
她扭轉身體，直線衝進怪物群中，用【暴食】消滅一隻怪物開道，藉墜落速度甩開它們。
那底下的男子才是她需要打倒的對象。
梅普露隨男子揮劍挺出塔盾。無論那是魔法還是劍砍，有多大的破壞力，在這面盾牌之前都不具意義。
再吞一擊後，盾牌直接砸中他失去保護的身體。
【暴食】梅普露已經用得很熟，知道那會貫穿男子的身體，事先用【拯救之手】在下方拼起兩片盾牌，鏗一聲接住自己。
男子只能再生遭【暴食】吞噬的身體，無法取消傷害。等的就是這一刻。
「呀啊！」
在他背後踏住盾牌的梅普露如鐘擺般橫掃塔盾，忙著再生的他什麼也不能做。

對男子砸完所有【暴食】後，剩下的一點點ＨＰ讓梅普露瞪大了眼。之前沒能打在他身上的【暴食】，只要還剩一發就能打倒他了。

ＨＰ只剩這麼少，無論是炸彈還是任何道具都好，只差臨門一腳。

但沒想到才剛拿出炸彈，之前以俯衝甩開的怪物撲了過來，害她丟不出去。

而且無視防禦力的固定傷害還殘忍地削減她的ＨＰ。

「放開我……啦！」

梅普露抱住本來要丟的炸彈縮成一團，用全身承受緊隨而來的爆炸，以下墜方式甩開怪物群。因盾牌增加的ＨＰ撐過這波攻勢的梅普露趕緊操作道具欄，使用水晶讓ＨＰ回到安全範圍。

男子也已經完成再生，要一決勝負似的在梅普露眼中鼓動雙翼急速俯衝。

如此男子等於是從前方衝來。要是落了地，恐怕很難逃離底下久候多時的怪物。

真真確確是最後的機會。

於是她將注意力全放在正面衝來的男子劍上，抓緊小型炸彈。那是伊茲特製的貴重道具，範圍小但殺傷力極高，一定能打倒他。只需要打中而已。

但無論再怎麼專注，現在的她仍躲不過攻擊。她沒有莎莉那麼熟練，現在也沒有幸運介入的餘地。

既然不能先躲避再趁隙攻擊，不如——

面對逼來的劍，梅普露稍傾斜一面懸空的盾，墊在背後停止墜落，並咬緊牙關。

緊接著男子殺來的劍深深斬過梅普露，使她身上迸出劇烈傷害特效，因擊退效果而撞在背後的盾上。

這面不穩的牆隨一聲悶響回彈梅普露的身軀，痛得她五官扭曲。

儘管如此，她依然勇敢面對前方。配合被砍後些許的反彈往盾牌一蹬，在下次攻擊前的一瞬間，那一點點的時間內揮出她的手。

如同莎莉具有梅普露辦不到的本事，梅普露也有莎莉辦不到的強項。

那就是幫助了她無數次，不怕被自身攻擊波及的防禦力。

男子仍在前進，梅普露又利用擊退的反作用力向前，使兩人距離急速縮短。

那是男子無法退避的距離，原本不可能打中的爆裂物殺傷範圍。

「嘿嘿嘿，怕了吧！」

梅普露得意地笑，同時震耳欲聾的爆炸吞沒他們倆，其中一方的影子消失在強光之中。

◆□◆□◆□◆□◆

不久，遊戲外的遊戲管理員在作業中聽到了聲響。那是用來通知他們有人完成部分隱藏地城或任務，今天那「咚～」的聲響再度響起。

「哪個被幹掉啦？」

「是禁書……」

正想問他是誰打贏的時，對方看了詳細資料後露出一臉無語問蒼天的表情。

「誰啊？」

「梅普露。」

「………………？？？」

問者不敢相信這答案，百思不解地歪起頭。因為他很清楚那個稱作禁書的魔王和前置任務有何內容。

「我有聽錯嗎？你再說一次。」

「……就是梅普露。」

「……為什麼？」

「這要看過以後才知道……」

「梅普露的封印是怎樣？」

「不至於走法師路線，所以是A型。」

「那她被動技能以外全沒了耶！防禦力是還在沒錯，可是這樣她怎麼打得贏？」

「從開戰開始看吧。」

在場所有人都注視播放的影像，想知道她會不會是用漏洞打贏的。

戰鬥一開始，魔王就對梅普露猛攻連連。即使傷不了她，也把她打得站不穩腳。

「照樣打不出傷害啊。」

「那是當然的啊。」

不久梅普露出現變化，用起了炸彈。藉此拉開距離並用【拯救之手】停在空中時，所有人都叫了。

「原來是這樣……」

「影片顯示，接下來她丟了一個小時的石頭。」

「又來這套……她帶那麼多石頭在身上幹什麼？」

「誰知道……？」

過了一陣子，魔王也飛上了天。遊戲管理員也都曉得魔王不會被她就這樣活活砸死。

眾人繼續看下去，接下來的戰況又讓他們一片譁然。

「理論上是可以啦……可是這黏彈……」

「梅普露也變得這麼聰明啦，以前好像不是這種感覺。」

「大概是莎莉她們教的吧，她們好像很懂這種事。」

「沒有伊茲支援也不會這樣……」

「所以說就是整個公會都提供了很有效的幫助。途中的蒐集任務也解得很快。」

梅普露不再是一個人了。有了支援，她也能做到只憑自己做不到的事，與耗費好幾個小時啃光毒龍那時不能相提並論。

「不會受傷真的很有差耶，其他人這樣搞根本自殺。」

「啊……滿會跑的嘛……」

梅普露的勝利絕不是來自意料外的BUG或漏洞，而是擁有大量資源與充分了解自己的強項，花費數小時得來的。如此正當的戰鬥讓管理員乾瞪眼。

「果然被動技能才是重點啊。」

「就是啊。」

「還說咧……她的技能……」

「…………」

這場戰鬥讓管理員們再度體認到萬惡的根源，支撐梅普露所有行動的元凶，無疑是她的防禦力。

◆□◆□◆□◆□◆

經過數小時的戰鬥，做好最後的準備以後，梅普露以【大楓樹】會長身分來到【聖劍集結】的基地，與同為會長的培因對話。
「那我們就同盟吧。妳有打算選哪個陣營嗎？」
「嗯……我沒有特別想選哪邊啦……你呢？」
「既然野外的怪物都會留下來，我覺得選怪物比較難打的那邊比較好。」
「原來如此……所以薇爾貝她們會去火那邊嗎……」
「薇爾貝？……妳說【thunder storm】？」
「她有跟我發表敵對宣言。」
「這樣啊。這麼說來……」
當兩人如此對談時，芙蕾德麗卡、多拉古和絕德也在外面近處的沙發上邊聊邊等結果。
「這次梅普露要跟我們一國嗎～」
「喂喂喂，還沒決定好不好。」
「可是這樣對他們來說應該還不賴吧。」
「是吧～？」
等了一會兒，兩人一起走出房間。
「培因！怎麼樣～？」
「我們決定同盟了，然後順便也確定要選哪邊了。」

接著培因通知所有成員這件事並要求保密，今天就此解散。

目送梅普露離開，走出基地後，絕德說道：

「總之戰力好像變高了呢。」

「是啊，值得期待。而且……傳說中的黑斑不見了。」

「對呀～之前真的有耶～」

「還有其他目擊者，不可能是看錯。」

「嗯。那表示她完成某個事件了吧，又變更強也不奇怪。」

「那真是太好了。同樣都是贏，當然愈輕鬆愈好。」

「拜託喔～？我們【聖劍集結】要做榜樣給人家看，不要摸魚行不行～？」

「哈哈哈！好期待這次活動啊！」

自【機械神】和【暴虐】以後，他們不曾見過梅普露秀出驚人的新招。所有人都認為她多了很多祕密。

既然是同盟，就可以放心地期待她解密了。

「來做最後的準備吧。活動開始以後很多事會變得很趕。」

「好好好～」

「ＯＫ。」

「能做的我盡量做。」

這次的PVP活動，【聖劍集結】是一點也不想落敗，要盡全力爭取勝利。

在這個【聖劍集結】和【大楓樹】決定陣營的時間點，其他公會也有相同動作。【炎帝之國】同樣以至今蒐集的情報擬定戰略，決定陣營。

「然後蜜伊，這裡有個東西很有意思喔……」

「原來如此。這樣真的……」

「是喔，我都沒發現耶。還有類似的嗎？」

「嗯，簡單找一下就有好幾個，不過我想絕大多數人都不知道……說不定只有我們喔。」

馬克斯說到這裡打開地圖，指出幾個位置。

「也有可能只是故意不說啦……反正先記起來不會吃虧。」

「那是你用技能找出來的吧。我沒看過其他人也會那招，說不定是大功一件喔。」

「是嗎……？」

「是啊。總之先發公告吧。然後就是選哪邊的問題了……」

「這個嘛……既然這樣……」

「嗯，我也覺得那邊比較好。」

「就是啊。畢竟能加強我們的強項。」
「看來各位心裡都有數了。公告的時候，我會一併宣布我要去的陣營。各位想選哪邊，都是個人的自由。」
「就算是這樣，基本上都會選同一邊吧。」
「就是啊。」
「嗯。」
「是、是嗎？」
看來他們三個都是打算跟隨蜜伊，其餘公會成員也是如此。既然兩邊都能選，不如選蜜伊這邊。
「那麼，就讓我們全力求勝！」
「嗯……！」
「喔！」
「好！」
蜜伊對自己在團體戰的強度頗有自信，【炎帝之國】也會制定適合自己的戰術。他們事先並沒有結盟上的動作，而有此動作的當然不止是【聖劍集結】。

而那正是【thunder storm】和【Rapid Fire】兩個。

「嗯～好大喔。」

「【Rapid Fire】是大公會嘛……構造上其實沒什麼差吧。」

「這邊，兩位請進。」

薇爾貝和雛田在莉莉帶領下進入房間，挾桌而坐。

房裡還有威爾巴特，共四個人。

「那麼，我們開始談吧。」

「哈哈，現在是公眾模式嗎？現在看起來，感覺滿神奇的。以公開場合需要來說，其實還挺合適。」

題外話只說到這裡，莉莉就此進入正題。

「目前已經有公會選好陣營了。當然，我們不能聽什麼就信什麼，但我想兩邊的戰力差距不會太大。」

這表示，重點在於哪一方能投入更多技能足以單方面撼動戰局的玩家。

「怎麼樣？改變想法了嗎？」

「薇爾貝小姐？」

「嗯，我知道。合作是吧。」

「希望妳能答應。和【thunder storm】合作，能讓我們更接近勝利。」

「可以呀，這也是我過來的目的。」

「喔喔，太好了。這樣就能省去很多不必要的勸說了。」

「不過，我有一個條件。」

「……什麼條件？」

儘管聽說薇爾貝不是善使謀略的人，聽到條件二字仍使莉莉有些警戒。

結果薇爾貝等不及了似的破顏而笑，手撐桌面猛一前傾。

「要選能跟梅普露對打的那一邊！」

「……哈哈！什麼嘛，害我白緊張。我當然也是有此打算才會來找妳的，這個我答應妳。」

「那就沒問題啦！」

「很帶勁喔。這樣比較適合妳。」

「她好像只在意這件事……除此之外，我們並不打算要求什麼。」

「那我們也把細節討論清楚吧，尤其是怎麼對付強力玩家。不然戰線瞬間垮掉就慘了。」

「好的。我負責防守……有什麼想問的儘管問。」

會這樣針對玩家研擬對策，是因為莉莉對自己的一對多能力很有信心。她相信只要防得住會一舉破壞防線的強力攻擊，就能在這場生存率意義重大的活動中取得優勢。

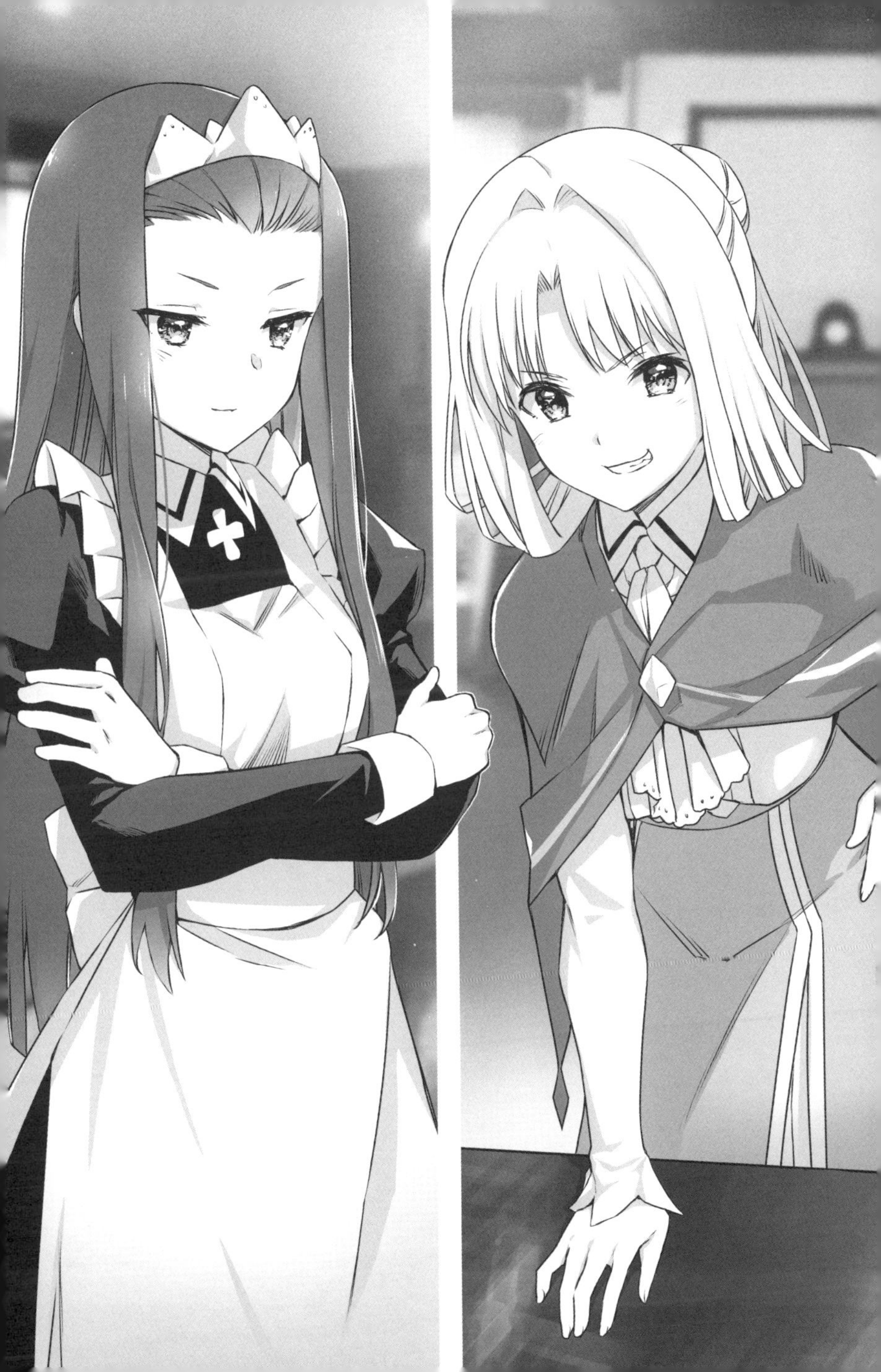

「我需要做什麼？」

「衝進敵陣裡就好。那是妳最厲害也最熟悉的打法吧？」

「是沒錯啦～我想聽比較有計畫性的嘛！」

「這我再另外想。」

投入的位置和時機都很重要。薇爾貝、雛田和威爾巴特都具有翻轉戰局的能力。莉莉想像著戰況的演變思考策略。

◆□◆□◆□◆□◆

就這樣，所有玩家都想在最後一刻之前做出最好的調整。日子一天天逼近，到了當天，【大楓樹】稍微提早集合，作最後的檢查。

「這邊要特別注意……還有這邊。這裡的怪物很麻煩……」

眾人以莎莉為中心再度檢視戰術。官方不會公告公會的陣營分布，無法完全掌握。基本上，確定陣營這天不在城裡的玩家都是敵人了。

「【thunder storm】應該是照他們宣告的那樣，和我們敵對。麻衣、結衣還有奏，你們要特別小心。」

他們等級和防禦力較低，有被大範圍雷電一擊帶走的危險。

確認過必須特別警戒的玩家後，活動的倒數終於進入讀秒階段。

「各位！加油喔！」

「喔！防禦不夠的地方交給我！」

「「好！我們會盡全力去打的！」」

「那當然，千萬別掉以輕心。」

「這次我就來個魔導書大放送吧。」

「補給看我的，太危險就先退喔。」

「有什麼想知道的就問，我來回答。」

眾人呼應梅普露，傳送的光輝也終於在這時籠罩他們。戰場是與這裡一模一樣的另一空間。

「好！要贏喔，莎莉！」

「……這次一定要贏。非贏不可。」

莎莉像是在集中精神，梅普露也跟著繃緊神經。

隨後八人全傳送到活動區域，準備在這大型ＰＶＰ的舞台與經過幾個月時間強化的技能硬碰硬。

後記

一時興起而捧起第十三集的讀者，幸會。一路看到這裡的讀者，請接受我無比的感謝。大家好，我是夕蜜柑。

集數來到十三，故事也來到第九階。能夠寫這麼久，真教人無限感慨。

從網路連載算起，已經將近六年，真的過了一段好長的時間。

剛開始寫的那時候，實在沒想過會發生這麼多變化。在公開平台寫小說本來就是要給人看的，我當然會希望讀者愈多愈好，但作夢也想不到會發展到這個地步。

但也拜此所賜，我體驗了很多原本不會體驗到的事。在漫畫裡，梅普露他們表情生動活潑地享受著遊戲，簡直是棒到無話可說。動畫畫面我也覺得非常好，有達到小說讀者滿意的水準。

以前也說過，我這篇小說真的受了很多人的恩惠。當然，這也包括支持著我的各位讀者。一不小心就感慨起來了。別擔心，梅普露他們的冒險依然會持續下去，敬請期待。

凡事都是持續時間愈長，就會讓人愈想回顧呢。

關於ＴＶ動畫第二季，應該很快就會有新消息，請各位耐心等候。我也很期待能在不遠的將來，和大家一起開心收看。

有太多話想說了，再說下去會沒完沒了，這次就到這裡打住好了。

原本覺得還要很久的ＴＶ動畫播映日就快到了。

我也會努力把接下來的冒險寫得精彩一點，到時候我們再一起同樂。

期盼我們在未來的第十四集再會！

夕蜜柑

除了我之外，你不准和別人上演愛情喜劇 1~3 待續

Kadokawa **Fantastic** Novels

作者：羽場楽人　插畫：イコモチ

最強的情敵竟然是姊姊!?
兩情相悅的戀愛喜劇戰線面臨緊急狀態!?

「方便的話，要不要來我家坐坐？那個，今天家裡沒人在。」約會的歸途上，我前往拜訪據說家人都不在的有坂家。在那裡等著我的，不是來自心愛的她的吻，一名剛睡醒穿著內衣的神祕美女，不知為何撲向了我？戀愛喜劇戰線，迎來慘烈局面！

各 **NT$200~270/HK$67~90**

狼與辛香料 1~23 待續

Kadokawa Fantastic Novels

作者：支倉凍砂　插畫：文倉 十

賢狼與前旅行商人幸福生活的第六集開幕！
羅倫斯獲贈貴族權狀的土地竟暗藏內情!?

拯救為債所苦的薩羅尼亞，寫下一段足堪載入史冊受人傳頌的佳話後，賢狼赫蘿與前旅行商人羅倫斯接受了村民的餽贈——一張人見人羨的貴族權狀。到了權狀所屬的土地實地勘查，發現那竟然是一塊曾有大蛇傳說，暗藏內情的土地？

各 **NT$180~250/HK$50~83**

國家圖書館出版品預行編目資[redacted]

怕痛的我,把防禦力點滿就對[redacted]
譯. -- 初版. -- 臺北市 : 臺灣[redacted]
2022.09-
冊 ; 公分. -- (Kadokawa fantas[redacted]
譯自 : 痛いのは嫌なので防御力[redacted]
と思います。
ISBN 978-626-321-781-2(第13冊 :[redacted]

861.57

okawa
ntastic
ovels

防禦力點滿就對了 13

で防御力に極振りしたいと思います。13）

2022年9月13日 初版第1刷發行
2024年7月3日 初版第3刷發行

作　者：夕蜜柑
插　畫：狐印
譯　者：吳松諺

發 行 人：台灣角川股份有限公司
總　監：呂慧君
總 編 輯：蔡佩芬
主　編：林秀儒
編　輯：黎夢萍
設計指導：陳晞叡
美術設計：黃永漢
印　務：李明修（主任）、張加恩（主任）、張凱棋、潘尚琪

發 行 所：台灣角川股份有限公司
地　址：104台北市中山區松江路223號3樓
電　話：（02）2515-3000
傳　真：（02）2515-0033
kadokawa.com.tw
有限公司

Kadokawa Fantastic Novels

怕痛的我，把防禦力點滿就對了

夕蜜柑

［插畫］狐印

13

莉莉

Lily's STATUS

Lv86

HP 340/340

MP 170/170

[STR 100]

[VIT 30]

[AGI 60]

[DEX 30]

[INT 100]

【Rapid Fire】
莉莉
【聖劍集結】培因
在第十次活動前的檯面下——

【thunder storm】
薇爾貝
【大楓樹】梅普露
「到底該怎麼辦才好……」
【炎帝之國】
蜜伊

「可以了吧？
好～【古代兵器】！」
不久，方塊放電似的發出藍光，
剎那間，藍光將方塊
一個個串連起來，
變得像籠子一樣。
在幽暗森林